KB169017

설랑

ROMAN
COLLECTION
011
설랑
說狼
윤이형 소설

나무 옆 의자

차례

절망: 뭘 하는 거야?

꿈: 꿈속에서 같이 걷고 있다. 그를 이해하려는 중이지.

절망: 꿈이라. 꿈이 뭔데? 꿈은 아무것도 아니야, 오빠.

꿈: 꿈이 아무것도 아니라고, 누이여? 꿈이 없다면 절망도 없을 텐데.

—닐 게이먼, 「세 번의 9월과 한 번의 1월」, 『샌드맨 06: 우화들』

그 박물관이 왜 자꾸만 모습을 바꾸는지 아는 사람은 아무도 없었다. 그곳의 가장 성실한 관람객인 서영 자신이 그 이유를 알지 못했으므로, 다른 사람들은 말할 것도 없었다.

어떤 날은 안토니오 가우디의 건축 사진집에서 빠져나온 듯한 기괴한 노란색 건물이 서 있었다. 건물을 이루는 모든 선이 구불구불한 물결 모양이었다. 문과 창문을 이루는 선마저 그랬다. 거대한 구슬 같기도 하고 물고기의 눈 같기도 한 원형 장식이 외벽 여기저기에 알록달록 박혀 있었다.

어떤 날에는 그곳이 박물관이라기보다 막 지어진 주상복합 건물처럼 보였다. 건축이라고는 전혀 모르는 사람이 스케치

북에 직선 몇 개를 성의 없이 그어 디자인한 뒤 그대로 시공을 맡겨버린 것 같았다. 특징 없이 삭막한 10층짜리 쥐색 석조 건물로, 입구에는 어울리지 않는 흘림체로 '자연사박물관'이라고 새겨진 돌간판이 붙어 있었다. 티라노사우루스 뼈가 인쇄된 조잡한 원색 전단지가 건물 앞 보도에 굴러다녔다.

또 어떤 날은 평지가 아니라 언덕 위에 박물관이 올라앉아 있었다. 바로 오늘이 그런 날이었다. 서영은 돌계단을 천천히 올라갔다. 끝없이 이어질 것만 같던 계단은 예순 개와 일흔 개 사이 어디쯤에서 끝이 났다.

이렇게까지 클 필요가 있을까?

계단 아래에서 볼 때부터 이미 압도적인 크기였는데, 다 올라와 보니 그 이상이었다. 고대 그리스 신전을 본떠 만든 거대한 흰색 건축물이 시야를 가득 채워 더 이상 주위 풍경이 보이지 않았다. 거인이 읽다가 엎어놓은 책처럼 생긴 삼각형 박공지붕을 여섯 개의 이오니아식 열주가 받치고 서 있었다. 기둥 하나하나가 매머드 다리만 했다. 열주 양옆 외벽에는 푸른색과 붉은색으로 디자인된 초대형 현수막 두 개가 나란히 걸려 있었는데, 왼쪽에는 커다란 장수풍뎅이가, 오른쪽에는 무심한 눈빛을 한 스핑크스가 각각 그려져 있었다.

이런 게 무너지면.

서영은 생각했다. 뼈도 제대로 수습할 수 없겠지, 안에 있다가는. 다른 모든 것과 함께 가루가 되어버리는 거다. 아무것도 남지 않는다. 재밖에는.

대리석 기둥과 기둥 사이로 스산한 바람이 불어왔다. 외부가 아니라, 지어진 지 수백 년이 넘은 건물 자체의 내부에서 스며 나오는 한기인 것 같았다. 서영은 집으로 가는 길을 잊은 벌레처럼 움직이지 못하고 서 있었다. 아니, 버티고 있었다. 금방이라도 무너져 내려 자신을 흔적 없이 으깨버릴 것 같은 이 거대하고 적대적인 건물을 떠나고 싶었다. 그런데 그럴 수가 없었다.

갑자기 주위가 어둡게 느껴져 사방을 둘러보았다. 계단 아래 있을 때는 분명히 낮이었는데, 어느새 밤이었다. 시간이 이상한 방식으로 흐르고 있었다.

매표소 창에는 'CLOSED' 사인과 함께 셔터가 내려져 있었다. 직원들은 퇴근한 지 오래였다. 서영은 로비로 통하는 유리문 쪽으로 천천히 걸어갔다. 그러다 문에서 몇 걸음 떨어진 곳에서 멈춰 섰다.

문은 굳게 잠겨 있었다. 자물쇠 따위는 걸려 있지 않았지만

밖에서 잠겨 있는 것은 분명해 보였다. 안쪽에서 누군가 있는 힘껏 문을 두드리고 있었고, 유리가 조금씩 흔들리고 있었기 때문이다. 흔들리기는 했으나, 깨지지는 않을 것 같았다. 두꺼운 강화유리였다.

서영은 문 안에서 부질없이 유리를 치고 있는 두 개의 주먹을 감정 없는 눈으로 바라보았다. 부숭부숭 털이 난 두 주먹에는 연갈색 털로 뒤덮인 두 팔이 연결되어 있었고, 그 팔은 검은색 천으로 감싸인 몸통에 이어져 있었다. 지금 서영이 입고 있는 것과 똑같은, 자잘한 꽃무늬가 들어간 검은색 원피스였다.

그 위에 얼굴이 있었다.

그 얼굴은 서영이 상상하던 것과 달랐다. 그 꿈들 속에서 서영은 언제나 온전한 짐승이었다. 자신에게 인간다운 부분은 하나도 남지 않았을 거라고 생각했다. 그러나 처음으로 유리문 **바깥에서** 보게 된 그 얼굴은, 예상보다 훨씬 끔찍하고 추했다.

흰색과 황갈색과 검은색 털이 아무런 미학적 기준 없이 마구 뒤섞여 자라나서 마치 피부병을 앓고 있는 것처럼 보였다. 저것이 짐승의 얼굴이려면 머리 전체가 좀 더 돌출된 형상이어야 했다. 그래야 짐승의 얼굴이라고 납득될 만했다. 그러나 그렇지 못했다. 얼굴 위쪽은 평면적인데 코와 입이 있는 아래쪽은 앞으로 돌출되어 있어 균형이 맞지 않았다. 누군가 아래턱을 붙잡고 억지로 끌어당겨 탈구시켜놓은 것 같았다. 인간적인 부분과 짐승적인 부분이 사투를 벌이다가, 그만두어서는 안 될 지점에서 가장 흉한 방식으로 굳어버린 듯한 얼굴이었다. 귀는 그대로 얼굴 옆에 붙어 있었는데, 바깥쪽에는 털이 나 있었지만 귓바퀴 안쪽은 여전히 연분홍색을 띤 사람의 귀였다.

짐승이 한 번 더 두 주먹으로 힘껏 유리문을 쳤다. 주먹이 닿은 곳에 불그죽죽한 액체가 묻어났다. 그래도 문이 흔들리기만 할 뿐 부서지지 않자 짐승은 두 손바닥으로 유리를 짚고 얼굴을 바짝 들이댔다.

벌어진 입 속으로 이빨이 드러났다. 아직 짐승이 되지 못한 사람의 치아였다. 하나같이 피범벅이었다.

호박색 홍채 한가운데 완벽한 원형의 검은 동공이 뚫어질 듯 서영을 노려보았다. 원망하는 것 같기도, 간절히 도움을 요청하는 것 같기도 했다. 그래도 서영은 아무것도 느껴지지 않았다. 무엇을 느끼기에 그 짐승은 너무 추했다. 그것과 자신 사이에는 어떤 공통점도 없었다.

갇혔구나.

서영은 짐승을 보며 생각했다.

계속 거기 갇혀 있겠구나. 네가 해친 사람들의 남은 몸과 함께.

그렇게 생각하자 모든 것이 이치에 맞게 느껴졌다. 그것이 그 짐승이었다. 동정하거나 연민을 느껴서는 안 되었다. 혹시라도 그런 것을 느끼게 된다면 도저히 자신을 견딜 수 없을 것 같았다.

소름이 돋아나기 시작한 건 공기가 차가워서였다. 오래된 건물의 열주랑 한가운데 서영은 가만히 서 있었다. 그 냉기가 낡은 대리석에서 나오는 것인지, 혹은 자신에게서 스며 나오는 것인지 알 수 없었다.

*

안녕하세요, 한서영 작가님.

저는 소설 쓰는 최소운이라고 합니다.

이렇게 불쑥 메일을 드려서 좀 놀라셨을지도 모르겠네요.

작가님은 아마 저를 모르시겠지만, 저는 작가님의 모든 작품을 열심히 따라 읽어온 사람입니다.

이렇게 메일을 쓰는 것만으로 상당히 떨리네요.

출판사에 여쭤보니 『스틸 라이프』 열두 번째 권이 곧 나온다고 하더군요.

우선 출간을 진심으로 축하드립니다.

이렇게 연락을 드리게 된 건 작가님을 꼭 한번 만나뵙고 이야기를 나누고 싶어서입니다.

제가 글 쓰는 친구들과 함께 창간을 준비하는 무크지가 하나 있는데요.

그 잡지와 관련해 작가님께 부탁드리고 싶은 일이 있어서요.

괜찮으시다면 저희 편집위원들과 함께 식사 한 끼 대접하고 싶습니다.

그럼, 어떻게 생각하시는지 연락 부탁드립니다. 기다리겠습니다.

littlecloud, 소운

산책에서 돌아와 그 메일을 읽으면서 서영은 자신도 모르게 웃고 말았다.

원래는 샤워를 하고 두 시간쯤 더 자려던 계획이었다. 한 시간 꼬박 동네를 걸었는데도 기분은 나아지지 않았고, 다만 온몸이 얼어맞은 것처럼 욱신거릴 뿐이었다.

지난밤에는 최종원고 파일을 확인하다가 그대로 쓰러져 잠든 모양이었다. 눈을 떠보니 책상 위에 엎드려 있었다. 보름밤이 아닌데도 그 꿈을, 그것도 이상한 방식으로 꾸었던 건 아마도 자세가 불편해서였겠지. 그렇게 생각하려 했지만 속이 울렁거렸다.

혼자서 그곳에 가는 꿈은 처음이었다. 자신이 박물관의 바깥에서 유리문 안에 갇힌 그 짐승을 지켜보게 되리라고는 더더군다나 상상해본 적이 없었다.

그 짐승은 정말로 끔찍했는데, 실패한 유전학 실험의 결과물 같은 외모 때문이 아니었다. 사람을 해치고 잡아먹는 존재여서도 아니었다.

일그러진 그 얼굴에 떠올라 있던 고통 때문이었다.

짐승은 밖으로 뛰쳐나가기를 원하고 있었다. 너무도 간절하게.

그 짐승이 나였다면, 그걸 보고 있는 나는 누구였을까? 분명한 건 짐승을 지켜보고 있던 서영이 아무것도 느끼지 못했다는 사실이었다. 감정이라는 요소가 통째로 배제된 것처럼 평온에 가까운 무감각으로 가득한 꿈이었다.

초등학교와 문방구를 지나 채소가게와 빵집과 카페가 늘어선 거리를 걷다가 서영은 아이스커피 한 잔을 테이크아웃했다. 천천히 걷는 동안 그것을 마셨다. 그러면서 생각했다. 그만두자고.

간단한 일이었다. 편집자에게 전화를 걸어 다음 권 출간을 취소하겠다고 말하면 된다. 그냥, 이제 그만하고 싶다고 말하는 거다.

'좀 지친 것 같습니다. 2년 동안 너무 정신없이 달려왔고, 더 이상은 무리라는 생각이 듭니다.'

편집자는 잠깐 동안 당황하는 제스처를 취하겠지만 곧 이해해줄 것이다. 누구보다 서영의 건강을 걱정해준 사람이니까. 편집부와 회식하는 자리에서 본 그는 성실하고 선량해 보이는 사람이었다. 유치원에 다니는 딸아이 사진을 지갑에 넣어 가지고 다녔고, 말수가 적었고, 동석한 사장이 최근 베스트셀러들을 언급하며 그런 아이디어를 베끼든지 훔쳐야 된다며 어이없는 말을 던지는데도 묵묵히 웃기만 했다. 그는 서영이 보내는 원고들이 공백기 동안 쌓아놓은 재고를 다시 손본 것이라고 알고 있었다.

마시고 난 빈 컵을 버리려는데 아무리 걸어도 쓰레기통이 보이지 않았다. 서영은 결국 빈 컵을 집에까지 들고 돌아왔고, 책상 위에 올려놓았다. 그런 다음 메일함을 확인했고, 그 메일을 읽었다.

두 번.

맨 처음 든 생각은 거절해야 한다는 것이었다. 새로 창간하는 무크지에서 서영에게 부탁할 일이라면, 역시 글일 테니까. 설마 사무실에 나와 커피를 타달라거나, 미술의 미 자도 모르는 사람에게 디자인을 해달라는 부탁은 아닐 것이었다. 무슨 성격의 잡지인지는 알 수 없지만 아마도 칼럼이나 에세이 같은 일회성 원고겠지. 어쩌다 나한테까지 연락을 했을까? 청탁이라면 전화를 걸거나 메일에 명시하면 되었을 텐데, 왜 굳이 만나자고 하는 걸까?

서영은 호기심과 함께 서걱거리는 자격지심을 느꼈다. 『스틸 라이프』 시리즈는 베스트셀러까지는 아니어도 스테디셀러라고 말할 수 있을 정도로 제법 꾸준히 팔리고 있었다. 하지만 문단의 평론가나 작가, 어디 소속의 편집위원에게서 연락이 온 적은 없었다. 무슨 일일까? 서영은 의구심과 불안이 뒤섞인 복잡한 기분에 사로잡혔다. 그 시리즈에 반응한 이들은 독자였다. 독자들은 그 시리즈를 좋아했고, 입소문을 냈고, 친한 사람들에게 선물했다. 그 사실만 따로 떼어놓고 보면 과분한 일이었다. 감사해서 눈물이 날 일이었다. 하지만 그 독자들도 서영이 어떤 식으로 글을 쓰는지, 글을 쓰기 위해 무엇을 통과해야 하는지는 알지 못했다.

그리고 서영은 이제 그 일을, 글쓰기를 그만둘 생각이었다. 도움이 되지 못해 죄송하다고 최소운에게 지금 답신을 보내는 편이 나을 것이었다.

하지만 두 번째로 든 생각은 그럴 수 없다는 것이었다.

무슨 일이 일어날지 알고 있었다. 서영은 약속을 잡고 그 자리에 나갈 것이다. 그들의 부탁은 서영의 짐작보다 크거나 작고, 어쨌거나 들어줄 수 없는 일일 것이다. 그들의 질문에 제대로 대답할 수도 없을 것이다. 상당히 어색한 자리가 될 게 분명했다. 그러나 서영은 그 자리에 나갈 것이다.

그건 마지막으로 든 생각 때문이었는데, 그 생각은 서영이 감당하기에는 너무 낯설고 당황스러웠다. 책상 위의 플라스틱 컵에는 3분의 1쯤 맹물만 남아 있었다. 남아 있던 얼음도 다 녹고 이제 물뿐이었다. 서영은 그 밍밍한 물을 마셨다. 상대는 내게 무언가 들어 있을 거라고 기대하고 있다. 내가 내밀 수 있는 건 이렇게 얼음조차 없이 맹물이 담긴 빈 컵일 뿐인데.

하지만, 그럼에도, 알고 싶었다.

최소운이라는 사람이 어떤 방식으로 말하고, 무슨 생각을 하는지 알고 싶었다.

최소운은 단 한 편의 소설로 서영을 그토록 동요하게 한 작가였으니까. 괴로움이 없다, 그런 생각이 들었다. 이 사람에겐 괴로움이 없다.

*

약속 장소는 상수동의 어느 파스타 식당이었다. 무크지 『흔』의 사무실이 근처에 있다고 했다. 30대 초반의 동년배인 네 명의 편집위원이 전원 참석했다.

문이라는 사람은 일러스트레이터가 본업인데 얼마 전부터 조금씩 시를 쓰기 시작해 그림과 글이 함께 들어간 시집을 준비 중이라고 했다. 윤은 희곡으로 등단했고 힙합에 관심이 많아, 자신이 좋아하는 음악과 연극을 접목하는 시도를 꾸준히 해온 극작가 겸 공연기획자였다. 유일한 남자이며 전방위 문

화평론을 한다는 박은 소화하지 못하는 장르가 없는 대단한 독서광으로 보였다.

그리고 최소운이 있었다. 일어섰다 앉았다 하며 모두가 명함을 돌리는 가운데 그 사람만 명함이 없었다. 죄송합니다, 명함이 없어서. 저는 소설만 써요, 할 줄 아는 게 그것밖에 없어서요. 그녀는 시무룩하게 웃으며, 하지만 자부심이 은근히 드러나는 얼굴로 중얼거렸다. 그러고는 덧붙였다. 남자로 패싱될 때가 많은데 저는 여자입니다.

경력은 많지만 어쩐지 네 명 모두 아마추어 분위기가 풍겼다. 나이에 비해 다들 동안이기도 했다. 문단의 중심부에서도, 장르문학 팬덤에서도 똑같이 거리가 있는 사람들이어서일까. 그들은 자의식이 강해 보이지도, 골방에 틀어박혀 자기 장르만 파는 긱(geek) 같지도 않았다. 어느 하나의 카테고리에 매달려 편협하고 배타적인 태도를 보이는 대신, 여기에도 저기에도 소속되기에 다소 애매한 구석이 있어서 이곳저곳 기웃거리며 재미있는 일을 찾고 있는 사람들이라는 인상이 강했다.

그들은 피자와 파스타를 먹고 식당 옆에 있는 카페로 옮겨 커피를 마셨다. 모든 것이 서영이 예상한 광경에서 크게 벗어나지 않았다. 자신의 어색한 몸짓과 옷차림이 가증스럽게 느껴지는 것까지도 그랬다. 짙은 카키색 블라우스에 베이지색 롱 벌룬스커트. 지나치게 신경 쓴 것처럼 보이지 않으려고 지나치게 신경을 써서 고른 차림이었다.

네 명의 편집위원 모두 친절한 사람들로 보였고, 편견 없이 서영을 대해주었다. 인터뷰는 하지 않습니다, 라는 대답을 꺼내는 일이 서영은 몹시 미안했다. 그래도 어쩔 수 없었다.

"아, 정말요? ……긍정적인 대답을 해주실 거라고 저희는 굳게 믿었는데요."

당혹스러운 표정을 지어 보인 것은 윤이었다. 옆에 앉은 최소운은 아무 말도 하지 않고 손으로 턱을 괸 채 생각에 잠겨 있었다.

"죄송합니다. 제가 낯가림이 좀 심해서요."

서영은 준비된 멘트를 하고, 영화에 나오는 일본 사람처럼 고개까지 깊이 숙여 보였다. 이해받을 수는 없을지라도 오만해 보이고 싶지는 않았다. 윤이 다시 말했다.

"저희 창간호 특집이 '달'이거든요."

고개를 다시 들려다가 서영은 멈칫했다.

"달, 하면 연상되는 작가들을 섭외하고 있는데 소운이가, 아니 저희 편집장님이, 메인 인터뷰로 작가님이 아닌 다른 사람은 절대 안 된다고 해서요."

윤이 팔꿈치로 최소운을 툭 치며 말을 이었다. 서영은 고개를 들다가 최소운과 눈이 마주쳤다.

"저희 『달의 송곳니』도 복사해서 전부 돌려 읽었어요. 정말 인상 깊은 데뷔작이었어요."

윤이 호의를 담아 말했다. 얼굴이 뜨거워졌다. 서영은 시선을 외면하며 겨우 대답했다. 아, 네. 고맙습니다.

"강강술래를 하던 여자들이 갑자기 늑대로 변할 줄은."

"남자들이 잡아먹히는 장면 완전 최고였어요. 그로테스크하면서도 정말 해방감이 느껴졌어요."

다른 사람들도 한 마디씩 보탰다. 한순간 울컥하는 기분이 스쳐갔다. 그렇게 오래전 작품을 읽어주는 사람들도 있구나. 서영은 그 기분을 누르며 말을 이었다.

"하지만 그건 5년 전 일인데요. 좀…… 이해가 되지 않네요. 달을 소재로 글을 쓴 작가들은 셀 수 없을 정도로 많지 않나요?"

"많죠. 유명한 분들도 꽤 있고요. 하지만 저희가 원하는 이미지는 아니었어요."

최소운이 천천히 대답했다. 그리고 무언가 더 말을 하려다 그만두는 표정이었다.

"저는 데뷔하자마자 개점 폐업을 해버린 사람이라서요."

"아니, 왜 그런 말씀을 하세요? 『스틸 라이프』가 있잖아요. 그것도 열두 권이나."

윤이 이해되지 않는다는 듯 다시 말했다. 아무런 악의도 없는 천진한 표정이었다. 서영은 아무 대꾸도 하지 못했다.

"저희는 작가님이 궁금했어요."

이번에는 문이 거들었다.

"그런 시리즈를 계속 내시면서 아무 말 없이 숨어 있는 데엔 뭔가 이유가 있으시겠죠. 저희는 그냥 좀, 안타까웠습니다. 그 시리즈가 단지 제도권 문학 시스템의 방식대로 문예지에 발표되거나 연재된 작품이 아니라는 이유로 제대로 된 비평을 받지 못한다는 것에 대해서요. 그동안 쌓여온 독자들의 호기심도 있고, 충분히 이슈가 될 만하다고 생각하는데요."

서영은 눈을 감았다 떴다. 뜨거운 기운이 이마까지 올라왔다. 다른 작가들은 이런 상황에서 어떻게 할까? 어떻게 이런 일에 대처할까? 그냥 공손히 웃고, 못 이기는 척하면서 승낙하는 것일까? 하지만 서영은 그럴 수 없었다. 불안이 밀려왔다.

"저희 잡지명이 『흔』인데요. 참 흔한 이름이죠? 하지만 되게 많은 뜻이 담겨 있거든요."

말을 받은 것은 박이었다. 그의 말에 모두 웃었다. 웃음이 잦아지자 그가 다시 말을 이었다.

"사실 이런 잡지 창간되고 폐간되고, 얼마나 흔해요. 돈도 안 되고요. 저희도 오래 버틸 거라고 생각은 안 해요."

"안 돼. 오래 버텨야 해. 무조건."

"그래도 하고 싶어서 해보는 거예요. 잡지라는 건 흔하지만, 저희는 흔하지 않은 내용으로 채워보려고 해요. 잡지 이름을 먼저 정하고, '흔'이라는 한자가 제법 많다는 걸 뒤늦게 알았는데요. 한번 들어보시겠어요?"

박은 대답할 틈도 주지 않고 휴대폰 메모장을 들여다보며 읊기 시작했다.

"기뻐할 흔(欣), 흔적 흔(痕), 그러니까 '상흔' 할 때 그 흔. 해 돋을 무렵 흔(昕), 화끈거릴 또는 불사를 흔(炘), 아름다울 흔(妡), 남은 불꽃 흔(煡), 그리고 피 칠할 흔(衅)도 있어요. 저희는 이런 의미들을 다 가진 잡지를 만들고 싶거든요. 뭐랄까, 밤이 다 새도록, 온몸의 피를 끓이면서 불사르다가, 해 돋을 무렵 마지막으로 남은 불꽃을 보면서 느끼는 피로하고 아름다운 창작의 기쁨이랄까."

웃어 마땅한 비장함이었다. 그래서 다시 모두 웃었다. 서영은 웃을 수가 없었다. 울렁거림이 심해졌다. 피, 라는 말 때문이었는데, 비이성적인 생각이라는 걸 알면서도 속이 이상했다.

"저희 잡지 창간호에 모시기에 가장 어울리는 작가라고 의견이 모였어요. 사실은 저희 편집장님이 작가님의 대단한 팬이에요. 정말로요."

다시 최소운과 눈이 마주쳤다. 그녀는 눈을 내리깔았다가 서영을 쳐다보았다. 조금 당황한 듯 보였지만 눈을 피하지는 않았다. 그래서 서영이 피해야 했다.

이런 일이 일어날 거라고 단 한 번도 상상해보지 않았다면 거짓말이었다. 글을 쓰는 사람이라면 누구나 글로 인정받고 싶다는 욕망이 있다. 그것도 아주 강렬한 욕망이. 독자들은 있었지만 너무 멀리 있었다. 그들을 직접 만나 이렇게 낯간지러운 말들을 듣고, 쑥스러워 얼굴을 붉히며 고개를 숙이는 일은 처음이었다. 그러니까 나에게도 사실은 이런 욕망이 있었던 것인가? 서영은 꿈을 꾸는 기분이었다. 너무 달고 몽롱한 꿈이었다.

그러나 꿈, 이라는 생각을 하자마자 지독한 폐소공포가 밀려들었다. 발에 밟히던 깨진 유리의 날카로운 감촉과 콧속을 파고들던 피비린내, 자신의 입에서 스며 나오던 역한 짐승의 내음, 아무리 두드려도 열리지 않던 박물관의 잠긴 문이 생생하게 되살아났다.

"작가님 작품 속에는 항상 일관되게 달의 이미지가 있다고, 오래전부터 얘기하더라고요, 이 친구가."

보이지 않는 스위치가 눌러진 것처럼 온몸에 소름이 돋았다.

이건 달콤한 꿈이 아니다. 악몽이다. 가장 나쁜 방식으로 진행되는 악몽.

악몽을 꿀 때마다 서영은 여기서 깨어나려면 말을 해야 한다고 생각했다. 꿈속에서, 이것이 악몽이라고 외치면 꿈은 흩어질 거라고. 하지만 늘 생각만 할 뿐 실행에 옮기지는 못했다. 그러는 사이에 팽팽해진 옷 솔기에서는 우두둑 뜯기는 소리가 나고, 전깃불이 나가고, 서영의 허리는 괴물처럼 굽어지기 시작했다. 하지만 지금은 할 수 있다. 말하면 된다.

"죄송합니다."

"네?"

"제 글을 좋게 평가해주신 것은 고맙습니다. 하지만 저는 지금 말씀하신 그런 사람이 못 됩니다. 그리고 제게도 사정이 있어서요."

"저기……."

"죄송합니다. 이만 가보겠습니다."

서영은 자리에서 일어섰다. 머리가 아팠다. 카페를 나가 뒤돌아보지 않고 곧장 걸었다.

"잠깐만요."

지하철역으로 걷고 있는데 뒤에서 목소리가 들려왔다. 무시하고 계속 걷는데, 최소운이 곁에 바짝 따라붙으며 걸어왔다.

"그 사정이란 게 뭔가요?"

숨을 고르며 그녀가 물었다.

"말씀하실 수 없는 건가요? 대체 왜…… 아니면, 저희가 기분을 상하게 해드렸나요? 제가 팬이라고 해서요? 너무 무리한 요구였나요? 저흰 그냥 진심을 말했을 뿐인데."

설명할 수 없었다. 설명한다고 받아들여질 일도 아니었다.

"저희 이상한 사람들 아닌데. 뭘 생각하셨든, 작가님이 생각하시는 그런 건 아닐 거예요."

그건 알아요. 이상한 건 저죠. 서영은 속으로만 그렇게 말했다.

"정말 죄송한데요. 제가 드릴 말씀이 더 있어요."

"네."

"여기서 할 수 있는 얘기는 아닌데요."

"제가 지금 가봐야 해서요."

"잠깐이면 되는데요."

"죄송합니다."

"너무 지나치신 것 아닌가요?"

"네?"

"아까부터, 왜 그렇게 방어적이신가요? 칭찬을 들으면 기분이 나쁘신 건가요? 아니면 그냥, 콘셉트가 신비주의이신 건지……?"

가늘고 뾰족한 꼬챙이 같은 것이 가슴속으로 들어와 휘젓는 것 같았다. 서영은 그녀를 똑바로 바라보았다. 최소운은 말을 뱉어놓고 아차 하는 표정이었다.

"아니…… 죄송합니다. 그게 아닌데…… 자꾸 그냥 가시려고 하니까 제가 너무 마음이 급하고, 긴장을 해서."

"아니에요."

서영은 웃으며 인사를 하고는 뒤돌아 계속 걸었다. 수치심 때문에 걸음이 빨라졌다. 최소운은 또 따라왔다. 숨을 헉헉 몰아쉬면서.

“알겠습니다. 여기서 말할게요. 인터뷰가 안 된다면, 단편 한 편만 부탁드리고 싶어요. 사랑 이야기를 써주세요.”

“사랑 이야기라면 더더욱 쓸 수가 없어요.”

“그것도 무슨 사정이 있어서인가요?”

“네.”

“그럼 저도 제 사정을 말씀드릴게요. 칭찬을 좋아하지 않으시는 것 같으니까 객관적으로, 아무 감정 없이 말씀드릴게요. 저는 『스틸 라이프』 시리즈에서 사랑에 가득 찬 시선을 읽었습니다. 알아요, 다른 사람들은 그렇게 생각하지 않는 모양이죠. 하지만 저에게는 그랬습니다. 사랑이라는 단어도 한 번 나오지 않고, ‘나’라는 화자의 건조한 진술 외에 다른 목소리가 등장하지도 않지만, 그건 한 권 한 권 절절한 사랑으로 사람을 바라보며 쓴 이야기였어요. 누군가를 미칠 듯 사랑해서, 미쳐버린 다음에 쓴 것 같은, 미친 소설들이었어요.”

악몽은 늘 이런 식이다. 더 나빠질 수 없을 것 같은데, 언제나 더 나빠진다. 지나가던 사람들의 호기심 어린 시선이 몰려왔다. 서영은 뜨거워진 얼굴로 한숨을 쉬고 겨우 말했다.

“그건 소설이 아니에요.”

“그럼 뭔가요?”

유골함이에요, 서영은 생각했다. 그러고는 돌아섰다. 최소운은 더 이상 따라오지 않았다. 질긴 악몽이 겨우 끊겼다.

*

『스틸 라이프』 열두 번째 권인 『L』은 닷새 후에 배송되었다. 출판사에서는 매번 열 권의 저자 증정본을 보냈다. 서영은 포장을 뜯고 상자를 풀었다. 한 권을 꺼내 망자에게 예를 갖추듯 책장의 정해진 위치에 꽂아두고, 나머지는 상자째 거실 한쪽에 두었다. 그렇게 쌓인 작은 상자가 벌써 열두 개였다. 중고서점에 팔아버릴 수도 없고 줄 사람도 없는 책들이 고요히 잠들어 있었다.

이 방에 들어오는 사람들은 모두 그 상자들에 관심을 보였다. 몇몇은 맨 위에 있는 상자를 열고 거기서 책을 꺼내 몇 페이지 펼쳐보고는 덮기도 했다. 자신들이 그다음 책이 되리라는 사실을 모른 채.

유골함.

'스틸 라이프(Still Life)'는 '정물'을 가리키는 미술용어였다. 무엇을 하고 있는지도 모르는 상태로 정신없이 첫 번째 원고를 계약하고, 제목을 의논할 때가 되었을 때, 서영은 자신도 모르게 그 단어를 말해버렸다. 너무 솔직하고 위험하다는 생각이 뒤늦게 들었지만 번복하기에는 이미 늦어서, 그것이 그대로 제목이 되었다. 서영의 무의식이 왜 그 단어를 떠올렸는지 편집자는 짐작하지 못하는 듯했다. 서영에게 그 제목이 의미하는 바는 명료했다. 정지된 사물, 스스로는 움직일 수 없는 물건, 죽어버린 것들.

알파벳 한 글자로만 이루어진 각 권의 제목도 서영이 고집한 것이었다. 출판사에서는 조금 더 친절하고 자상한 권별 제목을 원했다. '도시 청년, 숲에 빠지다'라거나 '서른넷, 나는 아직 하드록에 미쳐 있다'처럼 대상이 된 사람의 취향이나 관심사 하나에 초점을 맞춘 제목이었다. 하지만 그런 제목은 책 전체의 내용을 포괄하는 것도 아니었고, 서영의 책들은 그런 식의 휴먼 스토리도 아니었다. 논의 끝에 'A'부터 'L'까지 열두 개의 알파벳이 표지를 장식하게 되었는데, 결과적으로 그 제목들이 시리즈를 더 잘 팔리게 해주었다. 사람들은 불친절하고 차가운 그 글자들에 호기심을 느끼는 듯했다.

'소설로 분류되어 있지만 논픽션의 느낌이 강한 이야기. 어찌 보면 전기, 그러니까 타인의 삶을 담은 평전 같기도 하다.

도시의 거리를 걸어다니는 수많은 익명의 남성과 여성 가운데 무작위로 한 명씩 골라 유년기부터 현재까지 그 사람이 살아온 삶을 1인칭 시점으로 속속들이 기록한다. 주인공은 유명인도 아니고, 이슈가 될 만한 사람도 아니다. 하지만 이 책은 평범한 사람을 마치 비범한 사람처럼 묘사한다. 그 사람이 어린 시절 처음 맛본 음식의 맛, 학교와 군대, 직장에서 느낀 사소하고 일상적인 감정들, 가까운 사람들과의 관계에서 품었던 생각들, 매일의 불안과 매혹과 욕망 같은, 누구나 지니고 있지만 아무도 주목하지 않는 보통 사람의 삶의 디테일을 감동적으로 조명한다. 알파벳 이니셜로만 표기되는 이 사람들은 누구일까? 나 같기도 하고, 당신 같기도 하다.'

인터넷서점에 올라온 독자 서평을 보았을 때, 서영은 곧 발각될 거라고 생각했다. 책 속의 주인공을 아는 누군가, 가족이나 친지나 친구가 찾아와 해명을 요구하는 광경을 상상했다. 왜 허락도 없이 이런 걸 쓰는 거죠? 무슨 권리로?

모델이 된 사람들이 직접 찾아오는 상상도 했다. 상상 속에서 그들은 기가 질렸다는 표정으로 실소를 짓고 있었다. 이 정도일 줄은 몰랐는데 너는 정말 쓰레기구나, 그런 말이 귓가에 들려오는 듯했다.

서영은 조용히 기다렸다. 하지만 아무도 찾아오지 않았고, 해명을 요구하거나 명예훼손 소송을 걸지도 않았다.

그도 그럴 것이, 그 책들은 그들 자신도 알지 못하는 사실들을 바탕으로 씌어졌으니까.

최소한의 사생활 보호를 위해 고유명사는 모두 지웠다. 신상 추적의 실마리가 될 만한 정보들도 넣지 않았다. 말하자면, 얼굴과 머리카락과 치아가 있는 머리, 손톱과 발톱이 있는 손과 발을 모두 잘라내고 몸통만 남겨놓았다고 할까. 누구의 것인지 알 수 없는 토르소로서의 몸만.

물론 민감한 사람이라면 읽으면서 알아차릴지도 몰랐다. 자신이 어떤 부모 밑에서 자라났고, 어떤 유년시절을 보냈으며, 고향은 어떤 모습을 한 곳이었고, 도시로 올라와 어떤 직업을 얻었으며, 무엇을 좋아하고 싫어하는지, 앞으로의 계획은 무엇인지. 아무리 평범한 사람이라도 유전자처럼 고유하게 자기 안에 새겨진 역사와 사고방식의 패턴을 낱낱이 적어놓은 글을 읽는다면 모르고 지나치기란 힘들 것이었다.

그러나 그들은, 자신들이 20년 전 어느 레코드가게 앞을 지나며 어떤 감정을 느꼈는지, 어린 시절 부모님과 나누고 잊어버린 대화들이 어떤 문장들로 이루어져 있었는지, 10년 전에 인터넷뉴스를 보며 무슨 생각을 머리에 떠올렸는지, 자신조차 직시하기 힘들어 억압해버린 갈망과 꿈이 사라지지 않고 어떤 형태로 마음속 깊이 가라앉아 있는지, 그런 것들은 결코 알 수 없을 것이다. 그것은 너무 낡은, 너무 사소한, 너무 짙은 망각 속으로 물러난, 너무 사적이어서 누구에게도 꺼낼 수 없고 꺼낼 이유도 없는 비밀들이었으니까.

특히 만난 지 얼마 되지 않은 누군가에게는.

서영은 그것들에 대해 썼다. 그들 자신도 모르는 비밀들이 서영에게는 생생하게 보이고 들렸다. 그들의 피를 마시고 살을 먹었기 때문이었다. 내장의 가장 깊은 곳에 스며들어 있는 이야기를 걸신들린 듯 파먹었기 때문이었다.

그 이야기들이 몸속에서 쉬지 않고 아우성쳐서, 써낼 수밖에 없었다.

신춘문예에 당선되긴 했지만 그 뒤로 3년 동안 아무것도 쓰지 못했다. 처음에는 일시적인 현상일 거라고 생각했다. 매년 4월, 그해 신춘문예 당선자들을 대상으로 단편 한 편씩을 받아 싣는 H라는 잡지가 있었다. 신인들에게는 그곳에 실리는 작품이 앞으로 활동 향방을 결정짓는 중요한 평가자료가 되었다. 지면을 줄 것인지 말 것인지, 이 작가를 믿어볼 것인지 말 것인지를 가늠하는 데뷔 후 첫 번째 시험이었다. 모든 기량을 다 쏟아부어도 모자랄 그 시험에 서영은 작품을 내지 못했다. 시간이 부족했던 건 아니었다. 그저 첫 문장을 시작할 수가 없었다. 첫 문장이 없었으므로 그다음 문장들도 쓸 수 없었다. 면허를 따자마자 운전에 대한 모든 지식이 깨끗하게 사라져버린 것과 같았다.

그렇게 그 기회가 지나갔다. 설마 한 번쯤은 더 기회가 있을 것이라고 생각했다. 하지만 그런 것은 없었다. 어디서도 연락이 오지 않았고, 누구도 서영의 글을 원하지 않았다.

왜 쓸 수 없는지 자신도 알지 못했으므로 서영은 황당했다. 시간이 흐르자 그 감정은 좀 더 짙고 무겁고 괴로운 것으로 변했다. 거대하고 반투명한 정육면체 덩어리 속에 갇혀 마비된 몸으로 세상을 보는 기분이었다. 아무 문장이라도 써보려고 했으나 단 한 줄도 씌어지지 않았다.

그러다 『A』가 된 사람을 만났다.

회사 선배가 주선한 소개팅을 통해서였다. 맹세하건대 서영은 그를 주인공으로 글을 쓰겠다거나, 소재를 얻겠다거나 하는 생각은 단 한 번도 해보지 않았다. 그때쯤에는 글쓰기에 대한 미련도 거의 잦아들고 있었으니까.

그와 만난 지 채 한 달이 안 되었을 때 서영은 처음으로 박물관에 가는 꿈을 꾸었다. 맥락이나 연유는 알 수 없지만 꿈속에서 서영과 그 사람은 데이트 장소를 자연사박물관으로 정했다. 거대한 공룡 뼈들이 늘어선 로비를 지나 그들은 2층 전시실로 들어갔고, 곤충과 어류와 파충류와 조류를 지나 포유류가 전시된 곳을 향했다. 그곳에 늑대가 있었다. 삵, 자칼, 여우, 하이에나 같은 비슷비슷한 크기의 짐승들 사이에.

조악한 솜씨로 만들어진 늑대 박제였다. 전체적으로는 시베리안 허스키를 닮았지만 노랗고 탁한 눈동자와 벌어진 입 속에 주르륵 박힌 날카로운 이빨들, 여러 빛깔이 마구 뒤섞인 털 때문에 기분 좋게 쳐다볼 수는 없는 형상이었다. 서영은 어째서인지 그 늑대 박제 앞에서 걸음을 옮길 수가 없어서, 연인의 손을 잡은 채 한동안 거기 붙들려 있었다.

그러다 서영의 손에서 그의 손이 빠져나갔다.

다음 순간, 서영은 유리로 된 진열장 안에 있었다. 늑대는 없고, 늑대가 있어야 할 자리에 서영이 서 있었다. 영문을 몰라 유리벽 너머의 연인을 바라보았지만, 그 역시 두려움에 사로잡힌 눈으로 서영을 마주볼 뿐이었다.

몸이 변하기 시작한 것은 그때였다. 우두둑, 소리와 함께 척추가 구부러지면서 뼈들이 제자리에서 벗어났다. 팔과 다리가 굵어지고, 온몸이 기다란 털로 뒤덮였다. 손톱이 길어지더니 갈고리 모양으로 휘어졌다. 아래턱과 잇몸에 끔찍한 통증이 느껴졌다. 그리고 미칠 듯한 허기와 갈증과 함께 진열장 유리가 박살났다.

남자가 비명을 지르며 도망치기 시작했다. 전시실을 나가 계단을 뛰어 내려갔다. 하지만 박물관 안에는 아무도 없었다. 관리자도, 다른 관람객도, 미화원 아주머니도. 바깥으로 통하는 문과 창문은 모두 굳게 잠겼다. 서영은 괴성을 지르며 도망치는 연인을 로비에서 넘어뜨렸다. 목을 물어 기절시킨 뒤 몸을 타고 앉아 살점을 뜯어내 삼켰다.

잇새에 스며드는 피 맛이 너무 진해 서영은 깨어났다. 온몸이 차가운 땀으로 젖어 있었다. 그날 연인을 만났고, 헤어졌다. 집으로 돌아와 뉴스를 검색하다 전날 밤이 보름이었음을 알게 되었다.

그 다음날부터 미친 사람처럼 글을 쓰기 시작했다.

긴 글이 완성되었을 때 서영은 그것을 어떻게 해야 할지 알 수 없어서 일단 프린트했다. 쓰기는 했으나 다시 읽을 엄두는 나지 않았다. 이러지도 저러지도 못한 채 가방에 넣고 출근해, 다시 가방에 넣은 채 퇴근했다. 그렇게 며칠을 지내다 실수로 원고를 회사에 놓고 온 것을 알았다. 다음날 출근해 보니, 먼저 출근한 선배가 그 글을 가져가 읽고 있었다. 소개팅을 주선해 주었던 바로 그 선배였다.

그가 원고를 읽는 데 하루가 꼬박 걸렸다. 베테랑 편집자인 그는 서영을 불러 물었다. 이거 누가 쓴 거야? 전데요. 거짓말, 그가 중얼거렸다. 누가 쓴 거냐고? 서영이 다시 대답해도 그는 믿지 않았다. 이거 괜찮은데. 그는 그 원고를 단행본으로 출간하고 싶어 했다. 하지만 그들의 출판사는 인문학 서적만 취급하는 곳이었기 때문에, 그는 그것을 R출판사에 있는 아는 편집자에게 토스하면서 서영에게는 필자 연락처를 첨부해 보내라고 지시했다. 나중에 책이 나왔을 때 그는 소스라치게 놀랐다. 이거 정말 한서영 씨가 쓴 거였어? 그로부터 석 달 후에 서영은 회사를 그만두었다. 그러고는 2년 동안 열두 명을 먹었다.

삭(朔)이 지나 초승달이 모습을 보이기 시작하면 사랑에 빠졌다. 사랑에 빠질 사람을 찾아 헤매거나, 데이팅 어플 같은 것을 켜지는 않았다. 그저 자연스럽게 그렇게 되었다. 예전부터 알고 지내던 선배나 후배, 친구일 때도 있었고, 카페 옆자리에 앉은 사람이거나 출판사 술자리에 합류한 낯선 사람일 때도 있었다. 자신이 외모로나 다른 것으로나 크게 매력적인 사람은 아니라고 생각했으므로 서영으로서는 당혹스럽고 이상한 일이었다.

하지만 그 시기를 크게 확대해 들여다보면 언제나 계기가 있었다. 이성과 예의와 자기방어라는 갑옷 어딘가에 난 작은 구멍, 벌어진 틈으로 한 사람의 절박한 욕망이 보이는 순간들이 있었다. 평소라면 보이지 않았겠지만 그 시기에는 지나가는 사람들 모두의 몸에서 그런 균열이 보였다.

그건 사랑받고 싶다는 욕망이었다.

사람들은 모두 외로워했고, 사랑받고 싶어 했다. 누군가에게 특별한 사람, 유일한 의미가 되고 싶어 했지만 필사적으로 그것을 숨기고 있었다. 그 욕망이 어느 부분에 어떤 형태로 드러나 있는지가 각자 다를 뿐이었다. 서영은 그것을 발견하면 그 사람에게 다가가 말해주었다.

그게 거기 있다고.

그 사람은 놀라고 부끄러워하다가 이내 그것을 인정했다.

그러고는 서영과 사랑에 빠졌다.

하지만 사랑이 시작되고 채 보름도 지나지 않아 꽉 찬 달이 하늘에 떠오르면, 서영은 꿈속에서 짐승으로 변해 그 사람을 먹어치웠다. 보름날 밤에 반드시 함께 있을 필요는 없었다. 현실에서 어디에 있든 그 사람은 언제나 그날 밤 꿈에 나타났고, 희생자가 되었다.

그리고 밤이 지나 태양이 모든 것을 적나라하게 비추는 낮이 찾아오면, 두 사람은 다시 만났다. 전날까지 거기 있던 감정이 거짓말처럼 사라졌다는 사실을 두 사람이 거의 동시에 깨닫는 데는 하루가 채 걸리지 않았다.

어떻게 그런 일이 가능할까? 첫눈에 빠지는 사랑이 있는 것처럼, 세상에는 하루 만에 식어버리는 사랑도 있었다. 마치 효과가 단번에 나타나는 이상하고 나쁜 주술에 걸려든 것 같았다. 대화는 삐걱거리며 겉돌았고, 침묵은 오해로 이어졌으며, 종종 긴 말다툼과 서로에 대한 실망이 뒤따랐다. 서영의 얼굴에는 지난밤의 꿈이 남긴 자기혐오가, 상대방의 얼굴에는 깊이를 알 수 없는 두려움이 배어 있었다. 헤어지자는 말을 누가 먼저 하는지는 그리 중요하지 않았다. 그 말이 나오면 다른 한 사람은 곧 수긍했고, 두 사람은 어떤 부연설명도, 서로 안녕을 빌어주는 말도 없이 이내 도망치듯 상대방을 피해 자리를 떴다.

서영으로서는 꿈 때문이라고밖에 생각할 수 없었다. 어떤 방식으로든 상대방과 꿈으로 연결되어 있었기 때문에, 자신이 늑대로 변해 그 사람을 해쳤을 때 그 내면에 있던 무언가가 함께 파괴된 거라고. 그렇기 때문에 저렇게 모든 걸 다 알아버렸다는 듯 질렸다는 표정으로, 두려워하는 얼굴로 가버리는 거야. 저것은 내가 알던 그 사람이 아니라, 그 사람의 남은 부분일 뿐이야. 잘린 팔다리. 남아 있는 목. 꿈에서처럼.

그것을 깨달으면 곧 짙은 슬픔과 함께 죄책감이 밀려들었다. 누구에게도 설명할 수 없는 끔찍한 마음이었다. 서영은 그 마음을 품고 보름 동안 그 사람의 이야기를 썼다. 환영을 보는 예언자처럼, 빙의된 사람처럼, 그 사람이 되어 보이고 들리는 것을 닥치는 대로 종이 위에 쏟아냈다. 밖에 나가지도, 제대로 된 음식을 먹지도, 몸을 씻지도 않고, 책상 앞에 달라붙어 탈진할 때까지 키보드를 두드렸다. 정신을 차리고 보면 다시 삭(朔)이었고, 어느새 원고가 완성되어 있었다. 짧게는 8백 매에서 길게는 1천 매까지, 픽션도 아니고 논픽션도 아닌, 살아 있는 사람의 몸에서 그대로 뽑아낸 척수와 내장의 표본 같은 글이었다.

원고를 출판사에 보내는 순간 슬픔은 거짓말처럼 끝났다. 책이 나오기까지는 한 달쯤 걸렸다. 정상적인 작가들에게는 자신의 손을 떠난 글이 책이 되어 나올 때까지의 시간이 기대와 설렘, 더 잘 쓸 수도 있었으리라는 아쉬움, 좋은 반응을 기원하는 초조함 같은 감정들이 뒤섞인 기다림의 시간일 것이었다. 그래서 그렇게 많은 작가들이 책을 자신의 아이에 비교하는 것이리라.

하지만 서영에게 그 시간은 긴긴 장례식과도 같았다.

최종 송고는 화장장의 열린 커튼 사이로 관이 들어가는 것을 지켜보는 일과 마찬가지였다. 커튼이 닫히고, 그 안에서 한 사람의 몸처럼, 또 한 번의 사랑이 새하얀 재로 변한다. 그 사랑을 파괴한 것은 자신이었고, 이제 그 일을 돌이킬 기회는 없었다. 완성되어 서영의 집에 배송된 책에는 유골함처럼 기이한 온기가 묻어 있었다. 서영이 파괴한 것이 사랑일 뿐 아니라 한 사람의 삶이기도 하다는 사실을 증명해주는, 재와 채 다 타지 못한 뼛조각이 뒤섞여 들어 있는 유골함. 서영은 그 책들을 감히 펼쳐볼 수 없었다.

사랑과 그다음 사랑 사이의 한 달은 차갑고 질척거리는 자괴의 시간이었다. 누구도 사랑하지 않는 그 기간에는 보름날

이 되어도 꿈을 꾸지 않았다. 대신 자신에 대해 어떤 긍지도 가질 수 없는 날들이 지속되었다. 다시는 하지 않으리라고 매번 생각했지만, 다시 하게 되리라는 사실을 알고 있었다. 글을 쓰지 않으면 살 수 없었는데, 그렇게 짤막하고 기괴한 사랑을 하지 않으면 어떤 글도, 단 한 줄도 쓸 수가 없었다.

서영은 책장에 진열된 열두 권의 책등을 물끄러미 바라보았다. 알파벳으로 제목을 붙인 건 들키고 싶어서였다. 연쇄살인마가 자신이 수집하고 죽인 희생자들의 사진을 벽에 걸어두는 것처럼, 서영도 열두 명의 삶을 난도질해 이렇게 집에 진열해두고 있다는 것을, 누군가가 알아차려주었으면 했다. 단죄되고 싶었다. 파렴치한 인간이라는 말을 듣고 싶었다. 그렇게 해서라도 이 일을 그만두고 싶었다.

*

어떻게 그만둘 건데? 『하줄라프』를 읽으면서?

서영은 가까스로 책장을 덮으며 실소를 흘렸다. 가슴이 답답해 쇄골 위에 자신도 모르게 한 손을 얹었다가, 맥이 너무 빠르게 뛰고 있다는 사실을 깨달았다. 열이 나는 것처럼 두 볼이 뜨거웠다.

며칠 지나면 괜찮을 거야, 서영은 애써 자신을 타일렀다.

그날 저녁이 떠올랐다. 자신이 한 말들과, 카페를 걸어 나오던 기억이 떠오르자 저절로 한숨이 나왔다. 얼마나 비호감으로 보였을까? 그냥 밥 먹고 차 마시는 자리였는데, 예의상 하는 칭찬이고 립서비스였을 텐데, 청혼을 거절하듯 정색을 하고 화를 냈으니. 분명히 비웃었을 거야. 아무것도 못 되는 주제에 콧대가 하늘 끝에 걸린 여자라고 말이야. 자격지심 때문에 어떤 칭찬도 받아들이지 못하는 열등감 덩어리라거나. 하지만 병에 걸린 사람처럼 보여서라도 끊어내야 했어. 그리고 어차피, 이제 쓰지 않을 테니 상관없잖아? 누가 뭐라고 떠들든.

냉장고에서 맥주 한 병을 꺼냈다. 초록색 병에 든 차가운 액체가 목으로 넘어가자 마음이 한 모금만큼 가라앉았다. 여기서 할 수 있는 얘기는 아닌데요. 그래, 그렇게 말했지. 그 말에는 분명히 무언가가 들어 있었다. 그 말에 내가 대답을 조금 늦췄다면 어떻게 됐을까? 아마도 맥주를, 이렇게 차가운 맥주 같은 것을 마시러 가지 않았을까? 그랬다면 좀 덜 어색하게 마무리할 수도 있었을 텐데. 이렇게 아쉽지는 않을 텐데. 사실은 물어보고 싶기도 했었다. 당신은 어떻게 그렇게 쓸 수 있느냐고.

서영은 책상에 놓인, 이미 세 번이나 읽어 책장들이 조금씩 부풀어 오른 책을 바라보았다. 『하줄라프』는 지난해 모 출판사의 장편문학상 공모 당선작이자 최소운의 데뷔작이었다.

제목인 '하줄라프(Hajullaf)'는 이라크의 도시인 '팔루자(Fallujah)'의 철자를 뒤집어놓은 가상의 지명이었다. 이야기는 서로 다른 도시에 사는 네 어머니의 일상을 교차해 보여주며 시작한다. 네 명은 서로의 존재를 모르지만, 아들이 급진 수니파 무장단체인 IS(이슬람국가)에 가담하기 위해 집을 떠나고 소식이 끊어진 지 오래라는 공통점이 있다. 가정은 파탄 나고, 겁에 질린 이웃들로부터 적대와 무시를 당하며, 탄식과 눈물로 하루하루를 보내던 이들은 어느 날 아침, 집 현관문 앞에서 파충류의 것으로 보이는 거대한 알 하나씩을 발견한다. 불길하게 여겨 쓰레기통에 버려도, 땅에 파묻어도, 알은 다음날이면 다시 집 앞에 돌아와 있다. 네 명의 어머니는 결국 알을 집으로 가지고 들어오는데, 그 알에서 새끼용이 태어난다.

용은 하루가 다르게 자라나 더 이상 집 안에 둘 수 없을 만큼 커진다. 경찰을 부르지만 집에 찾아온 경찰은 거실을 꽉 채우고 날개를 퍼덕이는 용을 보지 못하고, 이웃들에게 말해보지만 미친 사람 취급을 당할 뿐이다. 네 명의 어머니는 정원에서, 그녀들이 다니는 직장 옥상에서, 집 근처의 숲에서, 중학교 운동장에서, 오직 자신의 눈에만 보이는 용을 키운다. 그리고 어느 날, 알 수 없는 힘에 이끌려 용의 등에 올라타고, 그대로 함께 날아오른다.

용들이 데려온 그녀들이 만나는 곳은 '하줄라프'라는 이세계(異世界)의 도시다. 세계의 경계를 통과하면서 네 어머니는 자신들이 실은 성스러운 임무를 지닌 용기사이며, 소녀 시절부터 간절하게 품어온 꿈이 마침내 이루어졌다는 사실을 깨닫게 된다. 그녀들의 임무는 빙하기에 접어든 지상 곳곳을 누비면서 용의 불숨결로 얼음을 녹이고 세계를 멸망에서 구하는 것이다. 네 명의 어머니와 그녀들의 용은 헤어졌다 만나고 다시 헤어지며, 죽어가는 도시와 사람들을 구하고, 모험담을 나눈다.

전반부의 아름답고 동화 같은 분위기는 이야기의 후반부에, 세계를 구원하려던 용들이 기이한 마법에 사로잡혀 통제에서 벗어나면서 무겁고 어둡게 변한다. 자신과의 교감이 끊어져 이성을 잃고 무고한 사람들을 해치며 도시를 파괴하는 용을 보며, 네 어머니는 각자 다른 선택을 한다. 한 명은 천신만고 끝에 교감을 회복하는 데 성공하고, 용을 설득해 하줄라프로 다시 데려간다. 그녀는 용을 대신해 군사재판을 받고, 용이 죽인 사람들의 목숨값으로 자신이 참수형을 선고받은 뒤 감옥에 갇혀 집행을 기다린다. 다른 한 명은 목숨을 건 대결 끝에 눈물을 흘리며 자신의 용을 칼로 베어 죽인다. 또 한 명은 용이 간절히 원하는 것이 고독하고 자유로운 죽음이라는 사실을 깨닫고, 얼어붙은 세계의 끝에서 용을 놓아준다. 그리고 마지막 한 명은 끝까지 자기 용의 편에 서고자 결심하고, 영혼으로 흘러드는 악한 마법을 받아들인다. 그녀는 용에 몸을 실은 채 정신을 잃고 전투를 벌이다가, 저항군의 신무기인 섬광포가 발사되는 것을 본다.

각자의 방식으로 용과 이별하는 마지막 순간에 그녀들은 각자의 아들이 이미 목숨을 잃은 지 오래이며, 그걸 알았으나 받아들일 수 없어 자신이 진실을 부정한 채 아들을 찾는 일을 계속해왔다는 사실을 깨닫는다. 아들의 죽음을 받아들이는 순간, 네 어머니는 현실로 돌아오고, 마침내 애도를 시작할 수 있게 된다. 몇 해가 지난 어느 날, 그들은 IS로 인해 가족을 잃은 사람들의 모임에서 다시 마주친다. 슬프고 아름다운 모험을 함께한 오랜 친구들을 현실에서 처음으로 마주한 그녀들 네 명이 둘러앉아 인사를 나누면서 이야기가 끝난다.

서영은 지난해 서점에서 이 책을 우연히 발견하고 구입한 뒤 두 번을 연속해서 읽었다. 처음에는 마음에 들어오는 문장들이 있는 페이지 귀퉁이를 마구 접어 나가다가, 이내 그만두었다. 접을 곳이 너무 많아서였다. 수많은 문장이 너무 강렬하게 마음을 잡아끌었다.

그녀를 만나고 돌아온 뒤 그 책을 한 번 더 읽었다. 처음 두 번 읽는 동안에는 보이지 않던 것들이 세 번째에 보였다. 이를테면, 하줄라프의 용군 총사령관 이셀레가 최소운 자신의 캐릭터라는 것. 이셀레는 그늘이 없고 자신감과 승부욕이 강하며 말수가 적은 리더였다. 하지만 사람들을 대하는 법을 잘 몰라서 말실수를 하고는 '아니…… 그게 아니고……'라며 쩔쩔매기도 했다. 똑같네, 생각하며 서영은 자신도 모르게 웃다가, 그런 자신에게 놀라 웃음을 멈췄다.

독자들에게는 꽤 화제를 모은 당선작이었으나 문단은 『하줄라프』에 큰 관심을 보이지 않았다. 이유는 간단했다. 용이 나오기 때문이었다. 책 말미에 붙은 심사평에서 몇몇 심사위원들은, 다른 이들의 지지에 수긍하기는 하지만, 혹은 더 나은 작품이 없어 할 수 없이 이것으로 결정은 하지만, 하는 식으로 대놓고 탐탁지 않아 했다. IS 같은 현실의 무거운 비극을 '동화

적인 판타지'와 접목해 풀어내려 한 점이 마음에 안 든다는 이유였다.

서영은 정확히 같은 이유로 그 작품이 최고라고 생각했다. 현실에서는 그저 섬망 상태에 빠진 중년의 여자들, 무기력하고 우울한 피해자에 불과하던 어머니들이 자신들을 짓누르던 모든 것을 벗어던지고 하늘을 날며 마음껏 웃고, 울고, 소리치는 장면들마다 함께 환호성을 지르고 싶었다. 그녀들이 누비는 낯선 세계의 풍경은 너무도 아름답고 신비했다. 서영은 책을 읽으면서 우는 사람이 아니었다. 그러나 그 책을 읽으면서는, 자신이 왜 우는지도 모르면서 연신 눈물을 훔쳐내야 했다.

무엇보다 그 책에서 서영을 강렬하게 사로잡은 건, 용기였다. 작가 최소운의 대담함이었다.

세계의 한편에서 실시간으로 일어나는 비극에 이런 식으로 접근할 수 있는 작가가 몇이나 될까? 그 비극이 무겁고 참혹할수록 작가들은 용기를 잃는다. 그것을 감싸고 있는 엄숙한 공기의 장막을 헤치고 들어갈 엄두를 내지 못한다. 시간이 충분히 흐르기를 기다리며 침묵을 지킨다. 자신이 더 지혜롭고 현명해질 때를 기약한다. 몇몇은 아주 한참이 지난 뒤에 해내지만, 많은 작가들은 영영 이야기하지 못한다.

물론 서영이 보기에도 다소 투박해 보이는 부분은 있었다. 소설에서 용들을 갑자기 통제 불능의 상태로 몰아넣는 '악한 마법'의 정체는 구체적으로 밝혀지지 않는다. IS를 둘러싼 현실의 복잡한 정세에 비하면 그것은 지나치게 단순화된 절대악처럼 느껴지기도 한다. 어떤 용과 용기사도 해피엔딩을 맞지 못하고 모두 슬프게 이별한다는 점도 아쉽다면 약간 아쉬웠다. 그러나 어떻게 보면, 현실의 비극에 손쉽게 해피엔딩을 부여하는 쪽이 오히려 값싼 정신승리이자 현실도피가 아닐까? 최소운은 적어도 그런 유혹에 빠지지 않았다는 점에서는 분명히 신중한 작가였다.

모든 단점들을 고려하더라도, 서영은 『하줄라프』에 압도되었다. 이야기 속 인물들이 나누던 농담을 생각하면 괴로운 기분이 사라졌다. 그 도시의 시민들과 용기사가 된 네 어머니는 끔찍한 상황을 연달아 맞닥뜨리면서도 쉬지 않고 농담을 나눴다. 그래서 네 주인공들이 다시 만나는 마지막 장면에 흐르는 웃음이 더욱 빛났고, 위안이 되었다.

서영 같은 사람은 그런 것을 절대로 쓸 수 없었다. 서영은 진지했지만, 넉살이 없었다. 슬픔과 괴로움을 웃음과 연결 지을 용기가 없었다. 실수하면, 오류를 저지르면, 자신의 문장이라는 칼에 죄 없는 사람들이 베일 수도 있다는 것을 알면서 그런 커다란 비극을 글로 쓰겠다고 마음먹는다는 것은, 서영에게는 꿈같은 이야기였다.

맥주를 한 모금 더 마셨다. 서영은 지금 자신이 놓여 있는 상황이 잘 이해되지 않았다. 며칠째 계속 한 사람을 생각하고 있었다. 서영의 이성적인 부분은 분명 그녀에게 열등감을, 어쩌면 적대감에 가까운 열등감을 느끼고 있었다. 작가로서 자신에게는 결여된 담력을 지닌 그 사람을 질투하고 미워하라고 강요하고 있었다. 서영은 자신의 결함을 두드러져 보이게 하는 사람에게는 호감을 느껴본 적이 없었다. 언제나 어딘가 약하고 외로워 보이는 사람, 자신이 어디를 쓰다듬고 위로해주어야 할지 명확히 보이는 사람에게 이끌리곤 했다. 하지만 이번에는 달랐다. 최소운에게는 약함도 외로움도 없어 보였다. 그녀의 갑옷에는 흠이 없었고, 벌어진 틈도 보이지 않았다. 원래대로라면, 서영은 자신과는 피가 달라 보이는 그런 사람에게 벽을 느끼고 무감하게 돌아서야 했다.

그런데 그러고 싶지가 않았다.

그녀의 강함은 서영을 밀어내는 게 아니라 자석처럼 끌어당기고 있었다. 사랑에 빠질 때의 느낌과 비슷하면서도 미세하게 달랐다. 정확히 말하면, 그건 호승심이었다. 서영은 그녀와 맞붙어 싸우고 싶었다. 땀을 흘리고, 흙먼지를 날리며 그녀와 대결하고 싶었다. 하지만 어떻게? 어떻게 이 도발에 응한단 말인가? 내게는 그 사람 같은 자신감도, 웃음도 없는데.

한층 더 혼란스러운 점은, 그녀가, 그렇게 강하고 재능 많아 보이는 젊은 작가가, 오래전부터 서영의 팬이었다는 사실이었다.

누군가의 글을 좋아한다는 것은 얼마나 이상한 일인가? 그것은 살과 피를 지닌 현실의 사람을 좋아하는 일과는 또 다른 차원의 일이었다. 글은 좋은데 사람은 전혀 그렇지 않아서 환상이 깨지는 일도, 그 반대도 흔했다. 그걸 알면서도 사람들은 끊임없이 누군가의 글에 반하고, 매혹되고, 빨려들었다. 정말 기이한 일이었다. 아마도 다들 어딘가에서 선을 긋고 있는 것이겠지. 좋아하는 작가지만 현실에서 마주치고 싶지는 않다는 식으로 말이다.

서영에게도 그런 선이 있었다. 정신을 차리고 보니 이미 한쪽 발이 그 선을 훌쩍 넘어가 있었을 뿐이다. 이 상황이 너무 낯설어서 자꾸만 현기증이 났다.

그 사람에게도 그런 선이 있을까? 있겠지, 아마도. 서영은 이렇게 생각하려고 했다. 이유는 정말 모르겠지만, 최소운은 서영의 글이 좋다고 했다. 살다 보니 이런 일도 있었다. 그뿐이었다.

'그건 한 권 한 권 절절한 사랑으로 사람을 바라보며 쓴 이야기였어요. 누군가를 미칠 듯 사랑해서, 미쳐버린 다음에 쓴 것 같은, 미친 소설들이었어요.'

그 말들은 그러니까 선 안에서 발화된 말들이었다. 글 쓰는 사람이 글 쓰는 사람에게 건네는 순수한 정신적 호감의 표현일 뿐이었다. 유별나게 의미를 부여할 것도 없고, 계속 떠올리면서 나르시시즘에 젖는 것도 꼴사나운. 아무리 그 말들이 특별하게 들리더라도. 아무리 세상에 둘도 없이 자신의 핵심을 꿰뚫어보는 시선처럼 느껴진다 해도.

서영은 남은 맥주를 천천히 마셨다. 맥주는 미지근했다. 찌그러진 병뚜껑이 왠지 자신처럼 보였다. 서영은 그것을 휴지통에 버렸다. 어쨌거나 모두 끝난 일이었다. 환상이야 어떻든 현실의 문은 굳게 닫혔다.

머리가 아팠다. 하지만 숙취는 곧 지나갈 것이다. 고작해야 한 병밖에 마시지 않았으니까.

*

앞으로는 시간이 많으니까 일이 생기는 대로 넘겨주면 좋겠다는 말에 다희는 반가우면서도 걱정스러운 표정을 지어 보였다.

"그럼 우리야 좋지. 너만큼 꼼꼼하게 봐주는 사람이 또 없으니까. 그런데 네 글은? 책 써야 하지 않아?"

"당분간 좀 쉬려고."

"무슨 일 있는 건 아니고?"

"그냥, 그만하고 싶어서."

다희가 눈을 동그랗게 뜨고 서영을 보았다. 원래도 큰 눈인데 놀란 표정을 지으니 마카롱이 떠오를 정도로 정말 커 보였다.

중학교 1학년 때 짝이 된 이후로 서영과 다희는 20년간 친구였다. 고등학교와 대학교에서 갈렸는데도 멀어지지 않았던 건 책읽기와 글쓰기라는 공통의 관심사 때문이었다. 대학을 졸업한 뒤엔 각자 자신과 맞지 않는 회사 몇 군데씩을 전전하며 헤매다가, 작가와 문학 담당 편집자로 다시 만났다.

서영이 『스틸 라이프』를 어떻게 썼는지 아는 사람이 세상에는 딱 두 명 있었는데 그중 한 명이 다희였다. 다른 한 명은 서영이 잠시 다녔던 신경정신과의 원장으로, 안드로이드처럼 표정이 없던 그 사람은 단지 "망상입니다. 하루 세 번 약 드시고 물을 많이 드세요"라고 했을 뿐 다른 어떤 조언도 상담도 해주지 않았다. 그 성의 없던 의사가 흘려들은 내담자의 이야기를 이미 잊었을 거라고 가정하면, 다희는 서영의 비밀을 아는 유일한 사람이었다. 다희가 없었다면 나는 어떻게 됐을까, 서영은 가끔 생각했다.

"왜?"

"힘들어서."

"뭐가? 글을 쓰는 게? 아니면 사람을 만나는 게?"

"사람을 만나지 않으면 글을 쓸 수가 없다는 게. 글을 쓰려고 사람을 좋아하는 게."

"흐음……."

다희가 생각에 잠긴 표정을 짓다가 말을 이었다.

"네가 연애를 그만두고 솔로부대로 온다면, 솔직히 나는 환영이지. 나랑 놀아줄 시간이 좀 더 생길 거 아냐."

다희는 아무렇지도 않게 말했지만 서영은 부끄러웠다. 사랑하는 사람이 없으면 살 수 없다는 것은 부끄러운 일이었다. 더

구나 한 사람과의 관계가 그토록 빨리 끝나고, 그토록 빨리 다시 시작된다는 것은. 통제할 수 있는 일이었다면 서영도 진작 그렇게 했을 것이다.

다희는 서영의 얼굴을 보다가 커다란 눈을 초승달 모양으로 만들더니 쿡쿡 웃기 시작했다. 재미있어 죽겠다는 웃음도 아니고, 그렇다고 어이없는 것을 보고 비웃거나 경멸하는 웃음도 아니었다. 인생을 조금 더 살아본 이모나 큰언니가 조카나 막내동생을 보고 귀여워 죽겠다는 듯 짓는 인자한 웃음에 가까웠다.

"하지만 글이 문제네. 글을 그만 쓴다고? 그건 좀 아닌 것 같은데. 창작자들은 누구나 자신만의 방식이 있어. 너한테는 사랑이 그 방식인 거고. 세상의 기준으로 보면 좀 이상해 보이더라도 필요한 건 하고 살아야 하지 않을까? 매일 다른 사람을 만나 섹스를 하든, 집에 악어를 백 마리 기르든, TV를 분해해서 부품을 씹어 먹든, 남한테 폐만 안 끼치면 된다고 생각하는데. 너는 결혼한 것도 아니고, 임자 있는 사람을 사귀다 헤어진 것도 아니잖아. 동시에 두 사람 이상을 좋아한 것도 아니고. 그냥 만나고 헤어지고 애도하는 사랑의 주기가 남들보다 짧은 것뿐이야."

"그걸 좋게 봐주는 사람은 너 정도일걸."

"SNS에 빠져서 24시간 내내 접속해 있고, 같이 있을 때도 각자 휴대폰만 들여다보는 커플이 대부분이잖아. 내가 보기엔 그런 식으로 가상의 인정과 애정을 얻는 데 목숨 거느니 차라리 연애중독이 나아. 적어도 너는 살아 있는, 현실의 사람을 대하면서 네 시간과 돈과 감정을 쓰고 노력하는 거니까."

살아 있는 사람.

서영은 간신히 고백했다.

"난…… 내가 외로움을 못 견디는 인간이라는 사실보다, 그 사람들을 글에 이용했다는 사실을 더 인정하기 힘들어. 해서는 안 될 일을 했다는 생각이 자꾸만 들어."

"이용이라. 그건 소설가라면 누구나 하는 일 아냐? 자기가 경험한 사람들의 이런 부분 저런 부분을 뒤섞고 조합해서 허구의 인물을 만들어내는 거잖아. 무에서 어떻게 유가 나와? 재료가 있으니까 쓰는 거지. 글을 썼기 때문에 그 사람들이 망가졌다고? 그럼 그 많은 르포 작가들은 대체 어떻게 일하는 건데? 다큐멘터리 감독들은?"

"달라. 그런 작가들은 대상이 실존인물이라는 걸 처음부터 밝히고 당당하게 정면승부를 하잖아. 때로는 자신의 모든 것을 걸어가면서. 난 그러지 못해. 사람의 가장 은밀한 부분을 빼다 쓰면서 픽션이라는 방어벽 뒤로 숨고 있는 기분이야."

다희가 코웃음을 쳤다.

"사람은 그렇게 쉽게 망가지지 않아. 그런 일로 망가진다고 생각하는 게 오히려 오만이라고. 내가 『스틸 라이프』를 읽으면서 생각한 건."

다희가 초콜릿 케이크를 포크로 자르면서 말을 이었다.

"여기 책에 씌어 있는 것처럼 이 사람들이 정말 괜찮은 사람들이었을까 하는 거였어. 실제로는 그렇지 않았을 텐데. 분명히 찌질하고 실망스러운 부분도 있었을 텐데. 너는 그 사람들에게서 추한 면을 보려고 하지 않는 것 같았어. 하긴, 보름밖에 안 됐으니까 뭐가 보였겠어. 서로 호르몬이 만땅으로 과잉인 상태였을 텐데."

커피가 리필되어 나왔다. 다희는 그것을 천천히 들이켜더니 다시 말했다.

"그런데 너는 네가 알지 못하는 그 사람들의 부분에 대해서도 썼단 말이지. 어린 시절이라든지, 너로서는 절대로 알 수 없었을 그들의 좌절된 꿈 같은 걸 말이야. 그것도 대단한 애정을 담아서 썼어. 다르게 썼더라면 굉장히 비루하고 초라해 보였을 인생인데, 비범하고 아름다운 삶으로 바꿔놓았어."

"그건……."

"그 꿈을 꾸고 나면 그런 게 보였다고? 그래서 보이는 대로 썼다고? 그래, 그렇다고 치자. 하지만 난 그게 상상력이라고 생각해. 작가에게는 꼭 필요한 자질이지. 애정을 갖고 사람을 바라보는 거. 하지만 난 이런 생각도 들었어. 너는 네가 하는 사랑이 초라해지는 걸 견디지 못하는 게 아닐까."

다희가 케이크를 한 조각 찍어 서영에게 내밀었다. 서영은 멍한 얼굴로 그것을 받아먹었다.

"한서영."

"응."

"너무 기분 나빠하지 말고 들어. 내가 네 연애사를 전부 다 알잖아. 너, 옛날에는 이렇지 않았다. 제법 오랫동안 한 사람과 안정적인 연애를 하는 패턴이었다고."

그건 그랬다.

"그런데 내 눈에는, 그때 네가 연애를 하면서 자신을 파괴하고 싶어 하는 것처럼 보였어."

파괴?

"정확히 말하자면 안톤 체호프의 『귀여운 여인』이랑 영화

〈신체 강탈자의 침입〉을 조합했달까? 그때의 너는…… 스펀지, 아니면 다른 생물의 형태를 모방하는 생물 같았거든. 사귀는 사람의 취미랑 취향이랑 관심사를 그대로 빨아들였으니까. 잘 생각해봐. 국악과 다닌다는 그 아가씨 만났을 때, 너 몇 년 동안 판소리 명창 CD만 들었어. 그것도 모자라서 가야금까지 배우겠다고 했고. 야구 좋아하던 그 곱슬머리 청년 때는 또 어땠냐. 너 매일 야구 보러 갔었지? 서울도 아니고 지방까지 말이야. 좋아하지도 않으면서 야구 규칙 공부하고, 선수 이름 외우고 그랬어. 한번 본 경기를 복기까지 하고. 지금에야 말하지만, 너 그때, 꼭 고시 공부하는 사람 같았어."

그러니까, 다희가 서영을 좋게 봐준 건 이렇게 칼을 꽂아 확 돌려버리기 위한 것이었던 모양이다. 그래, 그래야 다희였다. 서영의 표정이 굳어지고 얼굴이 화끈 달아올랐다. 하지만 다희는 전혀 동요하지 않고 계속 말했다.

"스타크래프트도, 미소년 팬질도, 필라테스도, 그렇게 해서 입문하게 된 거잖아. 너는 말하고 싶겠지. 사람을 사랑하면 원래 그렇게 되는 거라고. 닮아가는 거라고. 하지만 그 남자랑 여자 들이 너한테 어떤 영향을 받은 게 있었어? 개들이 너 때문에 뭔가 바뀐 게 있었어? 내가 보기엔 없던걸. 언제나 너 혼자

공을 들여 그 사람들을 연구하고, 닮으려고 했어. 지나치게 헌신하기도 했고."

서영은 수치심을 삼키며 들었다. 화가 났지만, 사실이었기 때문에 할 말이 없었다. 줄곧 그렇게 자존감 없이 행동했던 인간이 바로 자신이었던 것이다. 그나마 아주 오래전 일이었기 때문에, 죽고 싶을 정도로 부끄럽지는 않았다.

"나 그때, 솔직히 좀 화가 났었다. 네가 뭐가 부족해서 그러나 싶더라. 걔네들, 결국 다 한눈팔았잖아. 원래 그런 인간들이었든, 네가 그렇게 행동하는 것에 질려서든 간에."

"그래서, 그게 지금이랑 무슨 관계가 있는데?"

"그때는 네가 글을 쓰기 전이었어. 내 가설은 이래. 글을 쓰기 시작한 뒤로 너는 반대로 행동하기 시작했어. 누구를 좋아하는 마음으로 너 자신을 파괴하는 게 아니라, 상대방을 파괴하고 싶어진 거지. 글이라는 게 너한테는 무기였던 거야. 상대방을 규정하고, 평가하고, 정의 내리는. 너는 아마, 누군가에게 복수를 하고 싶었던 게 아닐까?"

희미한 통증이 가슴을 스치고 지나갔다. 복수라는 말을 들으면 서영은 땅속 깊숙이 묻힌 낡고 녹슨 철제 궤짝이 떠올랐다. 서영은 그게 자신의 마음속 어디에 묻혀 있는지, 그 안에 무엇이 들어 있는지 알고 있었다. 그 이야기는 다희에게도 한 적이 없었다. 부끄러워서는 아니었다. 기억하고 싶지가 않았다. 복수? 복수를 하려면 그 단단한 땅을 헤집고 파 내려가 궤짝을 끄집어내고 열어야 했는데, 서영은 그러고 싶지 않았다.

"그렇진 않아."

"아니, 그건 자연스러운 욕망이야. 조지 오웰의 『나는 왜 쓰는가』에도 그런 얘기가 나오거든. 글이라는 건 일차적으로 이기심에서 나와. 나를 좀 알아달라는 욕망의 표현이고, 나를 알아주지 않는 사람들에 대한 복수야. 물론 거기서 더 발전하면 다른 욕망이 생기겠지만, 처음에는 다들 그럴걸. 나 역시 재능만 있었다면 글을 썼을 거고, 글을 쓰면서 복수를 했을 거야."

"누구한테?"

"글쎄, 신에게?"

"신?"

"난 신이 마음에 안 드니까 디스를 좀 해야겠어. 왜 내가 좋아하는 지성을 가진, 정치적으로 올바르고 아는 것도 많고 말도 잘하는 남자들에게는 그렇게 어이없는 육체와 테러 수준의 패션감각을 주시고, 내가 절대로 좋아할 수 없는 남자들에게는 그렇게 완벽하고 아름다운 육체를 주셨느냐고. 어느 날 천

국에서 행정상 오류가 일어나는 바람에 갑자기 땅으로 떨어져 나라는 인간의 몸에 갇히게 된 신의 이야기를 쓸 거야. 그럼 내 심정을 좀 알아주시겠지. 웃지 마. 웃을 일이 아니라고."

서영은 웃어버렸다. 다희는 똑똑하고 재미있는 여자였고, 자신과 마찬가지로 똑똑하고 재미있는 남자들을 좋아했다. 하지만 친절하고 박식하며 세상의 거의 모든 것에 대해 전문가 수준의 식견을 지닌 그런 남자들을 아무리 만나봐도 관계는 일정 수준 이상으로 진전되지 않았다. 다희가 정말로 좋아하는 것은 슈트 입은 남자의 몸이었다. 아니면 땀에 젖어 착 달라붙은 트레이닝셔츠를 입은 근육질의 몸. 차를 후진시킬 때 조수석 위에 걸쳐지는 단단한 한쪽 팔. 살짝 벌어진 입술과 큰 눈, 오뚝한 콧날, 사자 갈기 같은 머리카락. 그런 육체를 지닌 남자들은 TV 속이나 헬스클럽에만 있었다. 다희는 남자를 보는 자신의 그런 분열적인 시선을 오랫동안 부끄러워하다가 결국 인정했다. 그게 다희가 지금껏 연애라는 행위에서 거리를 두고 있는 이유였다.

"어쨌든, 너는 글을 쓰면서 관계에서 주도권을 잡고 싶었던 게 아닐까? 넌 상대방이 너에게 복종하고, 네 말을 듣게 만들고 싶었던 거야. 그런데 현실에선 그렇게 되지 않았어. 그래서 너는 화가 났겠지……. 내면으로 인정받고 싶었는데 그 사람들은 너의 내면을 보려고 하지 않았고, 너에 대해 별로 궁금해하지 않았으니까. 너를 충분히 사랑해주지 않았으니까. 그래서 너는 네가 가진 무기로 초라한 현실에 복수하고 싶어 한 거야."

"아니, 그런 생각은 해보지 않았어."

"의식 수준에서는 당연히 해보지 않았겠지. 하지만 네 무의식은 그걸 원했을걸. 한서영, 대답해봐. 쓰는 걸 빼면 너한테선 뭐가 남니? 그걸 빼고 네 정체성을 만들 수 있다고 생각해?"

서영은 침묵했다. 인정하고 싶지는 않았지만, 그럴 수 없다는 걸 알고 있었다.

"쓰는 일은 너를 가장 강하게 해주는 행위야. 너를 특별하게 해주고, 너한테 힘을 부여하는 행위라고. 그러니 거기에 매달릴 수밖에. 그 무기를 사용할 수밖에. 하지만 막상 그러려고 보니, 넌 그게 너무 빛나고, 무겁고, 고귀해 보였던 거야. 그토록 간절하게 얻기를 원했고, 어렵게 손에 들어왔던 거니까 더욱 그랬겠지. 너는 그렇게 귀한 무기를 고작 사람을 베어버리는 데 쓸 수는 없었어. 그런 자신을 인정할 수가 없었던 거야. 그래서 대신 그 사람들을 이상화했지. 알지 못하는 그들을 아름답게 상상해서 실제보다 나아 보이게 하는 글을 쓴 거야. 하지만 복수하고 싶다는 욕망은 충족되지 않고 그대로 남아 있었기 때문에 그게 죄책감의 형태로 돌아온 거라고. 하지도 않은 복수에 대한 죄책감으로."

"다희야."

"응?"

"소설은 너 같은 사람이 써야 할 것 같아. 너무, 재밌다."

"남의 얘기 같지? 이거 지금 네 얘기거든. 한서영, 너는 글쓰기의 송곳니에 물린 거야. 다른 게 아니라고. 그래서 그게 시키는 대로 헤어지고 글을 쓰고 후회하는 패턴을 반복하고 있는 거야."

"그럼 난 어떻게 해야 돼?"

"네 글을 좋아해주는 사람을 만나."

"뭐?"

"네 내면을 좋아해주는 사람을 만나라고. 무기를 내려놓고 도망치지 말고, 네 무기를 있는 그대로 좋아해주는 사람, 그 가치를 알아주는 사람을 만나. 그래서, 그 사람을 숭배하지도 베어버리지도 말고, 그냥 사랑해."

"하지만……."

서영은 뭐라고 더 말을 하려다가 그대로 얼어붙었다. 눈과 입이 동시에 벌어지면서 아무 말도 할 수가 없었다. 카운터 앞에 서 있는 짧은 머리 여자의 뒷모습이 어딘가 눈에 익어 유심히 보고 있었는데, 그녀가 몸을 돌렸다. 최소운이었다.

놀란 건 그녀도 마찬가지인 듯했다. 하지만 그녀는 곧 놀란 표정을 수습했다. 무표정한 얼굴로 슬쩍 고개를 숙여 인사하고는, 그 자리에 서서 동행을 기다렸다. 뒤를 돌아보니 서영의 자리에서 대각선으로 뒤에 놓인 테이블에 앉아 있던 다른 여자가 지갑을 꺼내며 일어서는 게 보였다. 그녀는 최소운에게 다가가 뭐라고 말하며 웃었고, 계산이 끝나자 그녀들은 카페를 나갔다.

"아는 사람이야? ……야, 우리도 나가자. 벌써 시간이 이렇게 됐네. 나도 그만 들어가봐야겠다."

다희가 초콜릿 케이크의 마지막 조각을 서둘러 입에 넣었다.

*

다희는 곧바로 사무실로 돌아갔다. 최소운은 카페 입구에서 조금 떨어진 곳에 서서 기다리고 있었다. 마찬가지로 동행과 헤어진 모양인지 혼자였다.

서영은 잠시 모른 척 그녀를 지나쳐 지하철역으로 갈까 생각했다. 들었을까? 들렸을까? 설마 아니겠지. 언제부터 거기 있었던 걸까? 들었으면 안 되는데. 어디부터 어디까지? 가야금과 야구와 스타크래프트 얘기를, 설마 들은 거야? 미쳐버릴 것 같다고 생각하고 있는데 그녀가 천천히 걸어왔다.

"안녕하세요. 인사는 하고 가려고요."

어쩐지 씁쓸한 웃음이었다. 하긴 그녀가 아무것도 못 들었다고 해도 지난번 일을 생각하면 당연했다.

"친구분 만나셨나 봐요."

"아, 네."

"저는 이 근처에 일이 있어서 잠깐 나왔어요."

그녀는 J출판사의 이름을 입에 올렸다.

"저 거기서 계약했어요. 다음 장편소설요. 관심 없으시겠지만."

"네……. 축하드립니다."

"그날은 잘 들어가셨나요?"

"네."

"저희 편집위원들이 모두 아쉬워했어요. 하지만 할 수 없죠.

다음 기회에 인연이 닿으면 다시 부탁드릴게요."

"아, 네……."

"그럼, 그만 가볼게요. 좋은 글 쓰시고요."

그녀는 고개를 꾸벅 숙여 인사하고는 걸어가기 시작했다. 어두운 갈색 셔츠를 입고 배지가 주렁주렁 달린 백팩을 둘러멘 단단하고 다부진 두 어깨가 천천히 멀어지기 시작했다. 5초. 우연한 일이었다. 이 근처에 출판사가 대거 몰려 있으니 이상한 일도, 특별한 일도 아니었다. 그야말로 의미 없는 우연이었다. 10초. 『하줄라프』의 이셀레가 떠올랐다. 사람들과 이야기를 나누는 일을 좋아하지만 용군 총사령관이라는 공적인 임무 때문에 늘 바쁘게 불려 다니는 남자. 15초. 이렇게 보니 머리가 많이 짧구나. 한쪽 귀에만 피어싱을 네 개 했구나. 그날은 잘 몰랐는데. 앞으로도 마주칠 일이 있을까? 있겠지. 같은 바닥이니까. 그때마다 이렇게 어색하게 인사를 나누게 될까? 아마 그렇겠지. 그러다가 그냥 목례만 하는 사이가 되고, 그다음에는 모른 척 지나치게 되겠지.

아니면 아예 만날 기회가 없을 수도.

그렇게 씁쓸하게 끝나는 인연이, 세상에 어디 한둘인가.

매번 똑같다는 걸 알면서도 아무것도 배우지 못한다. 달이 뜨면 미쳐서 피를 찾아 헤매는 짐승처럼. 다만 외롭기 때문에 사람을 만나고 뜯어먹고 헤어진다. 그러고는 수치심을 느낀다. 아니, 이번엔 그러지 않을 거야. 사람으로 남겠어. 서영은 천천히 발걸음을 옮기며 생각했다. 저 사람의 뒷모습을 사람의 눈으로 봐두겠어. 절대로 다가가지 않을 거야.

서영은 같은 속도로 계속 걸었다. 한낮이었고, 하늘에는 사물을 왜곡하는 달 대신 모든 것을 투명하게 비추는 해가 떠 있었다. 그 햇빛 속에서 일정한 거리를 두고 앞서가던 최소운의 뒷모습이 조금씩 커지기 시작했다. 그러더니 점점 가까워졌다.

그것은 최소운이 제자리에 멈춰 섰기 때문이었다. 그러니까 서영의 잘못은 아니었다. 서영은 반사적으로 발을 멈추면서 생각했다. 내가 그런 게 아니야. 최소운이 돌아서더니 엇, 하며 흠칫 놀란 표정을 지었다. 서영도 비슷한 소리를 낼 뻔했지만, 가까스로 참았다.

얼마나 시간이 흘렀을까. 어색한 침묵을 깬 건 최소운이었다.

"이상해요."

"네?"

"걷고 있는데, 뭔가를 잊고 왔다는 생각이 들었거든요. 그래서 멈춘 거예요. 내가 뭘 놓고 왔지? 가방? 휴대폰? 지갑? 계약서? 아닌데. 다 여기 있는데. 그래서, 이상해하다가 돌아본 거거든요, 지금."

"뭘…… 놓고 오셨어요?"

"글쎄요. 모르겠어요."

"잘 생각해보세요."

"생각해보고 있어요, 지금."

그녀가 백팩을 열어 뒤적이는 시늉을 했다. 어설프게. 서영은 가만히 그녀를 보았다. 무표정을 가장하고 있었지만, 너무도 연기를 못했다. 자존심과 다른 무언가가 충돌하며 일으키는 그 어색한 연기를 더 이상은 못 봐주겠다는 생각이 들었다. 그래, 지난번엔 이 사람이 손을 내밀어주었지. 그건 그냥 악수를 청한 거였다. 악수 한 번 정도는 괜찮지 않을까. 사람과 사람이 하는 악수라면.

"저기요."

"네."

"그거 혹시 병에 든 건가요? 유리병?"

"네?"

"초록색?"

"네? 아…… 그러고 보니, 그런 것 같기도 하네요."

"차갑고?"

"네, 어떻게 아세요?"

"저도 그걸 잊고 와서요."

"그렇군요."

"제가 한잔 사드릴게요. 지난번 일, 사과의 의미로요."

길에서는 잠깐 웃음을 지었던 그녀는, 바에 들어온 뒤로 계속 예의 바른 무표정을 유지했다. 긴장이 풀렸을 때와 그렇지 않을 때의 표정이 전혀 다른 사람이었다. 그래, 그렇구나. 서영은 잠시 머쓱해졌고, 그다음엔 해야 할 말을 어서 끝내야겠다는 생각이 들었다. 그녀들은 지난번 일에 대해 정중하게 사과를 주고받았다.

"창간호 메인으로는 다른 작가가 들어가게 될 것 같아요."

"네……."

"누구를 해야 할지 잘 모르겠어요. 여자 작가면 좋겠는데. 혹시 추천하고 싶은 작가 있으세요?"

글쎄요, 대답하며 서영은 가슴께에 이상하고 싸늘한 통증을 느꼈다. 역시 그게 끝이었구나. 처음이자 마지막 기회였는데,

이제 지나가버렸다. 너무도 빨리. 최소윤은 사무적인 표정으로 서영을 보고 있었다. 눈빛에는 일에 대한 걱정 외에는 아무것도 들어 있지 않았다. 조금 전에 억지로 가방을 뒤집는 시늉을 하던 사람은 어디 간 걸까? 정말 금방 사라지는구나. 내가, 너무 앞서간 것일까?

서영은 맥주를 마셨다. 그러면서 옆쪽 벽에 붙어 있는 전신거울을 보았다. 그 순간 찬물이 끼얹어진 것처럼 정신이 들었다. 편해서 늘 입고 다니는 평범한 흰색 스트라이프 티셔츠와 스키니진이 몹시 초라해 보였다. 머릿결이 엉망인 데다 안경을 쓴, 낮술로 마신 맥주 한 병에 벌써 눈가가 붉어지기 시작한, 피곤해 보이는 여자가 서영을 곁눈으로 마주보고 있었다. 서영은 몸을 똑바로 세웠다. 할 수 없었다. 문득 옆자리에 놓인, 다희에게서 받은 서류 봉투가 눈에 들어왔다.

서영은 그것을 열고 교정지를 꺼내 보았다. 『소년에게, 영원히』. 아직 한 줄도 읽어보지 않았는데도, 제목에서부터 깊은 한숨이 나올 것 같았다.

"그건 뭐예요?"

"강은재 선생님 신작 원고예요. 강은재 선생님은 어때요?"

그분이라면 질투 없이 추천할 수 있을 것 같았다. 너무 높은

데 계신 분이니까. 강은재 작가는 서영이 가장 존경하는 한국 여성작가 중 한 명이었다. 서영은 그분의 글을 읽으며 단 한 번도 실망한 적이 없었다. 15년쯤 글을 쓰다 보면 중간에 한 번쯤 슬럼프가 찾아왔을 법도 한데, 그분에겐 그런 게 없었다. 게을러지지도 지루해지지도 않으면서, 갈수록 깊어지고 다채로워지는 세계를 보여주는 작가였다. 그렇게 글을 쓸 수 있다면 얼마나 좋을까, 서영은 새삼스럽게 생각했다.

"『흔』과도 잘 맞을 것 같은데. 안 좋아하세요?"

"음, 글쎄요. 좋아해요. 좋아하는 편인 것 같아요."

최소운은 그렇게 말하며 맥주를 마시고는, 그런데 왜 그 원고를 갖고 있어요? 하고 물었다.

"저, 프리랜서로 교정교열 하거든요."

"아."

"왜요? 이상해요?"

"아, 아뇨. 그럴 리가요. 그냥, 한 작가님 같은 사람은 인세만으로도 생활이 되지 않을까 생각했거든요."

서영은 자신도 모르게 웃고 말았다.

"그렇진 않죠. 팔리긴 하지만 조금, 아주 조금 생활에 보탬이 되는 정도고요. 그걸로는 한참 부족해요. 저는 어디에 강의를 나가지도 않고, 다른 직업도 없으니까, 뭐든 해서 벌어야죠."

"그렇군요……. 저는 작년에 받은 상금으로 부모님 집에서 독립하고, 용돈 조금 드리고, 남은 걸로 최대한 아끼면서 버티고 있는데, 그거 다 쓰면 이제 뭐 먹고 살죠?"

최소운의 표정이 조금 풀리면서 천진한 웃음이 얼굴을 채웠다. 그러고 있으니 아무것도 모르는 신인작가 같아 보였다. 동시에, 서영 자신은 조금 더 초라하고 나이 든 기분이 되었다.

교열자로서의 일을 부끄럽게 생각해본 적은 한 번도 없었다. 사람들을 먹어치우고 써서 낸 책보다는 다른 사람의 글을 손보고 다듬는 일이 서영에게는 몇 배쯤 떳떳하게 생각되었다. 좋은 작품을 만날 때는 순수하게 즐거웠다. 보이지 않는 곳에서 이루어지는 몇 겹의 꼼꼼하고 고된 작업이 없으면 제대로 된 책은 나올 수 없다는 걸, 편집자로 일해보았기 때문에 잘 알았다. 그 일은 서영에게 잠깐씩일지언정 인생을 잘못 살고 있지 않다는 감각을 주었다.

작가들이 다들 글 쓰는 일 외에 다른 직업을 갖고 있다는 것도 잘 알려진 사실이었다. 하지만 아무 생각 없이 생활에 대한 얘기를 하고 나자, 어쩐지 친밀한 사이도 아닌데 맨얼굴을 뵈어버린 기분이었다. 나는 이 사람과는 다른 자리에 서 있다. 작가라는 직업의 현실도 아직 속속들이 알지 못하고, 닳아버리는 일이 무엇인지도 모르는, 꿈을 현실로 바꾸는 과정에서 순수한 기쁨만을 느끼고 있을 이 사람과는.

내게도 저런 표정이 있었는데, 언제 없어졌을까?

"일단은, 글을 쓰면 되잖아요. 계약도 했다면서."

"그러네요. 그렇구나."

"잘 쓰실 것 같아요. 『하줄라프』 정말 잘 읽었어요."

"어, 정말요? 읽으셨어요? 고맙습니다. 그런 말을 들으니 진심으로, 기쁘네요."

아이처럼 환하게 그녀가 웃었다.

정말 잘 읽었어요, 라니 바보스럽기 짝이 없는 말이라고 서영은 생각했다. 혹시라도 다시 만나면 『하줄라프』에 대해 하고 싶은 말도, 묻고 싶은 것도 참 많았는데, 더 이상은 한 마디도 할 수가 없었다. 머릿속이 하얘진 것처럼 아무 말도 생각나지 않았다.

서영은 화제를 바꾸기로 했다. 바꾼다고 고작 꺼낸 질문이, 어떤 작가 좋아하세요? 였다.

최소운이 웃었다. 서영도 묻고 나서 웃고 말았다.

개인차는 있겠지만, 작가에게 어떤 작가를 좋아하느냐고 물으면서 제대로 된 대답은 기대하지 않는 게 나았다. 너무 많아서 이름을 대기가 곤란하기도 하거니와, 자신이 좋아해서 은연중에 영향 받은 작가를 정직하게 밝히는 건 사업 비밀을 털어놓는 것과 같으니까. 그런데 서영은 왠지 그런 질문을 하고 싶었다. 이 사람과 무해하게 주고받을 수 있는 대화는 그 정도일 것이라는 생각이 들었으니까.

"먼저 말해보세요. 저는 그다음에 말할게요."

"왜 제가 먼저 말해요?"

"먼저 말하고 싶은 얼굴을 하고 계신데요."

"아닌데요."

"잠깐만요. 제가 맞춰볼게요. 음, 줄리언 반스?"

"어?"

"맞아요? 와우. 그리고, 어슐러 르 귄."

"딩동댕."

"가즈오 이시구로."

"음…… 딩동댕."

"로베르토 볼라뇨?"

"땡!"

"볼라뇨 안 좋아해요?"

"볼라뇨 좋아해요?"

"아뇨. 저도 별로……. 근데 왠지, 좋아하실 것 같았는데."

"안 좋아하는데."

"알았어요. 그럼, 파스칼 키냐르?"

"땡!"

"어, 이상하다. 페르난도 페소아?"

"땡!"

"진짜 이상하네."

"그쪽은 전혀 아니에요."

"그럼 어느 쪽이지?"

"마이조 오타로, 니시오 이신."

"어어…… 라노베도 읽어요?"

"많이는 안 읽어봤어요. 그 두 사람은 좋아해요."

"헉, 너무 의외예요."

"왜요?"

"쓰는 글이랑 좋아하는 글이랑 다르네요."

"보통은 다르지 않나요?"

"그런가요…… 잘 모르겠다. 아, 또 생각났어요. 로런 그로프."

"딩동댕."

"『운명과 분노』 좋아해요?"

"최고죠."

"그럴 줄 알았어요."

"저는 그 정도예요."

"그렇군요."

"이번엔 제가 맞춰볼게요. 음, 코니 윌리스."

"어, 맞아요."

"존 스칼지."

"스칼지도 좋아해요. 아, 그렇게 뻔히 보이나요? 제가?"

"그 정도야 뭐. 음, 다음은…… 마초긴 하지만 유머감각을 좋아하는 사람으로 로버트 하인라인이 있을 것 같고, 더글러스 애덤스, 테리 프래칫, 음, 요네자와 호노부, 모리미 도미히코, 데니스 루헤인? 아무에게도 말하지 않지만 무라카미 하루키. 그리고 리처드 브라우티건, 호시 신이치. 아니다, 호시 신이치는 싫어하는 쪽일 것 같아요. 그리고 아마도, 커트 보니것?"

서영은 『하줄라프』를 읽으며 머릿속에 스쳐가던 이름들을 댔다. 두세 페이지마다 등장하던 그 끊임없는 농담들, 그리고 사람을 정신없이 웃게 해놓고는 언제 그랬느냐는 듯 곧바로

독하고 진하고 쓴 술 속에 깊이 담가버리는 것 같던 어떤 문장들을 떠올리며. 그 문장들에 취해 한동안 페이지를 넘기지 못하던 자신이 떠올라 머리가 핑그르르 도는 기분이었다. 서영 자신은 별로 좋아하지 않는 작가들이었지만, 그들이 이 사람의 아버지들과 어머니들이었으리라.

"와."

"맞아요? 대충 찍었는데."

"장난 아니네요. 거의 다 맞췄어요."

"그래요?"

바보처럼 기분이 좋아졌다. 중학생처럼, 나는 너를 파악하고 있지롱, 게임을 해가면서 웃고 있다니. 그들은 『화재감시원』과 『여왕마저도』, 『타임퀘이크』와 『갈라파고스』와 『제5도살장』, 『멋진 징조들』과 『더크 젠틀리의 성스러운 탐정사무소』, 『잘린머리 사이클』, 『밤은 짧아 걸어 아가씨야』의 몇몇 구절들, 리처드 브라우티건이 쓴 웃기는 시들, 개그가 특기인 작가들과 심각한 표정이 특기인 작가들, 메타소설과 서사의 해체, 그리고 셰익스피어의 천재성과 미셸 우엘벡의 정치적 성향과 에밀리 디킨슨의 생애, 마스다 미리의 만화가 좋은 이유와 싫은 이유에 이르기까지 생각나는 대로 이야기를 나누었다. 그러다 보니 거짓말처럼 몇 시간이 훌쩍 흘러 있었다.

배 안 고파요? 고파요. 둘은 자리를 옮길까 하다가 그만두고, 그 자리에서 소시지와 나초와 맥주를 주문해 실컷 먹으며 떠들어댔다. 얼마 만에 이런 시간을 보내보는 걸까, 서영은 온몸이 나른해졌다. 이 시간을 끝내고 싶지 않다, 무심결에 그렇게 생각해버리고 말았다.

최소운이 가만히 생각에 잠겨 있다가 말했다.

"그런데 몇 명이 빠졌어요. 제가 좋아하는 작가들요."

"그래요? 누군데요?"

"아니 에르노랑 트루먼 커포티요."

"어, 좀 의외다. 왜요?"

"음…… 위험할 정도로 용감한 작가들이었으니까요. 아니 에르노는 자신이 사랑한 사람과의 경험을 그대로 썼죠. 조금도 거짓 없이, 마치 수술대에 올려놓고 해부하는 것처럼."

서영도 그녀의 작품이라면 다 읽었다. 『단순한 열정』의 한 구절은 외우고 있을 정도였다. '작년 9월 이후로, 나는 한 남자를 기다리는 일, 그가 전화를 걸어주거나 내 집에 와주기를 바라는 일 외에는 아무것도 할 수 없었다.' 그 사람을 생각하며 자위를 했다거나, 그 사람이 작가인 자신을 그저 아무것도 아닌 나이 든 여자로만 본다는 사실이 고통스럽다는 이야기, 보통 사람이라면 절대로 할 수 없을 고백을 마치 남 이야기처럼 하면서 소설과 현실의 경계를 깨뜨린 작가. 실제 경험이 아니면 쓰지 않는다는 것, 그것이 그녀의 원칙이었다.

"어떻게 그럴 수 있는지 모르겠어요. 너무 대단하다는 생각이 들어요."

최소운은 진지한 감탄을 실어 말했다.

"그리고 커포티는 더 위험한 곳까지 갔죠. 『인 콜드 블러드』에서. 아시죠? 한 일가족을 살해하고 사형집행을 기다리고 있는 살인범을 인터뷰했어요. 그러고는 그의 이야기를 썼어요. 픽션과 논픽션의 경계에 서서, 너무도 오랫동안, 집요하게. 그렇게 대상과 가까워지면 냉정함을 유지하기가 정말 어려웠을 텐데, 그는 그 일을 해냈어요. 자신의 글이 현실에 곧바로 영향을 미치고, 현실 또한 끊임없이 자기 문장에 스며든다는 사실을 알면서, 흔들리지 않고, 쓸 수 없을 것 같은 것들을, 써서는 안 된다는 생각이 들었을 법한 것들을 썼어요."

물론 알고 있었다. 커포티는 그 작품으로 일생일대의 성공을 거뒀다. 비평적으로도, 상업적으로도. 하지만 그 살인범은 결국 사형대의 이슬로 사라졌다. 커포티는 쓰는 동안 그가 그렇게 될 것을 의식하지 않을 수 없었을 것이다. 그런 글을 써낸 뒤에, 작가는 괜찮았을까? 서영이었다면 절대로 감당할 수 없을 것 같았다.

그런데, 그보다, 이 사람은 왜 그런 작가들을 좋아하는 것일까? 왜 이런 이야기를 나에게 하는 것일까? 갑자기 한기가 느껴졌다.

"그런 작가들에게 끌려요. 내가 절대로 할 수 없는 일이라는 생각이 들어서요. 상상을 하는 건 쉬워요. 현실을 있는 그대로 말하는 게 어렵죠."

서영은 맥주를 마셨다. 머리가 아팠다. 취기가 갑작스럽게 확 올라왔다.

"그리고 한 명 더 있어요."

최소운이 말했다.

"누구일 것 같아요?"

그녀가 짓궂게 웃으며 서영을 똑바로 보았다. 머릿속이 텅 비는 기분이었다. 모르겠는데요, 서영은 말하며 그녀를 외면했다.

그녀들은 밖으로 나왔다. 서영은 6호선을 타야 했다. 최소운은 2호선이었다. 두 사람은 그 두 선이 만나는 지하철역까지 함께 걸었다. 걸으면서 최소운은 일 얘기를 했다. 『흔』이 어떤 회사에서 자본을 후원받아 만들어지는지, 어떤 꼭지들로 꾸며지는지, 어떤 독자를 대상으로 할 생각인지. 옆얼굴을 슬쩍 보니 그녀는 다시 아무렇지 않은 무표정으로 돌아가 있었다. 섭외된 필자들의 이름을 길게 늘어놓는 그녀의 이야기를 듣다 보니 어느새 지하철역이었다. 안녕, 우연히 만나서 반가웠어요, 다음에 어디선가 또 우연히 만나요, 최소운은 그렇게 말하고 고개를 꾸벅 숙여 인사했다.

서영은 흔들리는 지하철을 타고 집으로 향했다. 가방 속에는 습관처럼 두어 권의 책이 들어 있었지만 꺼내볼 생각이 나지 않았다. 아무런 생각도 할 수 없었고, 몸을 움직일 수도 없었다.

지하철 출구 계단을 올라와 고개를 들었다. 잉크 빛 하늘에 손톱 모양의 초승달이 떠 있었다. 지워지지 않는 화인(火印)처럼.

*

무슨 일이 일어나고 있는 것일까?

소운은 결국 자신에게 그 질문을 던졌다. 여섯 시간째 노트북 앞에 앉아 있었지만 한 문장도 쓸 수 없었다.

몇 달에 걸쳐 새 장편의 얼개를 짰다. 세계관을 세우고, 작품의 배경이 될 도시의 지도를 그려 책상 앞에 붙여놓았다. 인물들의 캐리커처를 그리고, 두꺼운 노트에 각각의 캐릭터 디테일을 꼼꼼하게 메모했다. 참고할 책과 영화 들도 대충 한 번씩 보았고, 어떤 식으로 이야기를 끌고 갈지 대충의 흐름도 머릿속에 그려놓았다. 마지막으로, 아무것도 인쇄되지 않은 백지로 된 책 한 권을 상상하고, 그것을 한 장 한 장 넘겨가며 상상 속에서 종이의 사이즈와 질감과 냄새를 음미하는 과정까지 거쳤다. 빈 페이지들과 친해지는 이 마지막 시뮬레이션 과정은 소운에게 특별히 의미 있는 것이었다. 이건 내 책이야. 내 무대고, 내 이야기가 뛰놀 근사한 영토야. 모두가 손에 땀을 쥐고 읽을 이야기, 누구라도 좋아하지 않고는 배겨내지 못할 이야기를 여기 새겨 넣을 거야. 이렇게 상상하며 차분히 빈 페이지들을 넘기다 보면, 막막하던 마음은 사라지고 당장 문장을 쓰고 싶어 견딜 수 없을 정도가 되곤 했다.

글 쓰는 일이 고통스러웠던 적은 한 번도 없었다. 쓰는 일과 괴로움을 연결 지어 말하는 사람들을 이해하기 어려웠다. 다른 무엇을 하고 있어도 소운의 몸속엔 언제나 이야기가 가득 차 덜거덕거리는 소리를 냈다. 그것이 무르익을 때까지 기다리다가 때가 되어 몸 밖으로 꺼내기만 하면 됐다. 소운은 세상에서 그 일을 가장 좋아했다.

오랫동안 구상해온 이야기였고, 이제 때가 되었다고 생각했다. J출판사가 메이저는 아니었지만, 그런 것은 크게 상관없었다. 누군가가 자신을 알아주었다는 사실이 중요했다. 계약서에 서명하고 나면 곧바로 쓰기 시작하자고 소운은 다짐했었다.

그런데 그럴 수가 없었다.

대체 무슨 일이야? 몸속에서 이야기가 물었다. 왜 꺼내주지 않는 거야?

소운은 그 소리를 또렷이 들으면서 가만히 견뎠다. 자리에서 일어나 스트레칭을 스무 번쯤 했고, 냉장고에서 차가운 물을 꺼내 마셨다. 도저히 안 되겠어서 밖으로 나가 산책을 하고 돌아왔다. 멀쩡한 책상을 뒤집어 책들을 다시 정리하고, 구석구석 꼼꼼히 먼지를 닦아냈다. 그런 다음 다시 자리에 앉았다.

왜 이렇게 오래 걸려? 이야기가 다시 물었다.

알았어, 소운은 생각했다. 키보드에 손을 올려놓고 첫 문장을 두드렸다.

지금 뭘 하고 있죠?

잠깐만, 이야기가 그를 제지했다. 이게 누구 대사야? 누가 말하는 거야?

소운은 머리를 흔들었다. 딜리트 키를 눌러 그 문장을 지워 버렸다. 그러고는 다시 썼다.

메르의 겨울은 길고 혹독했다. 봄이 올 때까지 할 일이 없어진 사냥꾼들은 흐린 하늘에서 쏟아지는 눈을 바라보며 장작을 패거나 녹슨 총을 손질하면서 소일했다. 아낙들은 두툼한 고기와 붉은 토마토가 들어간 스튜를 끓여 집 안의 한기를 내쫓았고, 벽난로 옆에서 뜨개질을 했다. 그리고 하얀 얼굴에 동그란 안경을 쓴 그녀는

소운은 딜리트 키를 길게 눌렀다.

오직 메르에서 가장 지적이고 아름다운 한 사람, 그녀만이 이 긴긴 겨울을

소운은 한숨을 쉬며 다시 반쯤 쓴 문장을 지웠다. 방 안에는 아무도 없었다. 얼굴이 뜨겁고, 감기에 걸렸을 때처럼 힘이 없고 식욕도 일지 않았다. 심장만이 유일하게 남은 내장처럼 온몸에 피를 보내며 쿵쿵거렸다. 무슨 일이 일어나고 있는 거냐고 다시 자신에게 물을 필요는 없었다. 이미 답을 알고 있었으

니까.

『흔』 창간호 기획이 시작되었을 때부터 가슴이 두근거렸지만, 크게 기대는 하지 않았었다. 대중 앞에 나서지 않는 작가인데에는 그럴 만한 이유가 있을지도 모른다고 생각했다. 대인공포증이 있거나, 매체들과 접촉하면서 생긴 알 수 없는 상처를 지녔을 수도 있으니까. 정직하게 말하면, 처음에는 만나보고 싶다는 마음이 반, 일로 섭외하면 좋겠다는 마음이 반이었다. 그런데, 응해주지 않을지도 모른다는 생각을 품고 메일을 쓰면서 필요 이상으로 문장을 고르고 또 고르는 자신을 발견했다.

'우선 출간을 진심으로 축하드립니다.' '식사 한 끼 대접하고 싶습니다.' 팬이라는 사실을 너무 드러내고 싶지 않아서, 스토커처럼 보일까 봐 두려워, 감정을 누르면서 쓴 문장들이었는데, 결국 그렇게 사무적이고 멋대가리 없는 것들이 되어버렸다. 마지막에 쓴 서명도 돌이켜 생각해보니 유치하기 짝이 없었다. littlecloud, 소운이라니. 누구에게나 써 보내는 서명이긴 했지만, 역시 그녀의 눈에는 고등학생이 쓴 것 같았으리라.

소운은 결국 바보처럼 길에 서서 낯 뜨거운 말들을 쏟아내고 말았고, 그녀는 그냥 가버렸다. 처음에는 이해할 수 없다고 생각했다. 너무 갑작스럽게 스포트라이트를 쏟아부어 당황한 것일까? 한서영은 칭찬을 전혀 받아들이지 못하는 사람 같았다. 지나치게 고자세로 보이기도 했고, 과도한 자기방어적 태도로 여겨지기도 했다. 소운은 그런 타입의 사람에게 별로 호감을 느끼지 못하는 성격이었다. 그랬기 때문에 지금 자신의 감정을 더욱 이해할 수 없었다.

언제부터 이렇게 된 걸까? 그날 멀리서 걸어오는 그녀를 본 순간부터? 상상한 것과는 조금 다른, 명도는 좀 더 낮고 채도는 좀 더 높은 그녀의 목소리를 들은 순간부터? 글로만 했던 상상을 뛰어넘는 그녀라는 실체와 마주 앉아 숨을 고르던 순간부터? 분명한 건 그날 어느 순간부터, 함께 있는 편집위원 친구들이 한없이 부담스럽게 느껴졌다는 사실이었다. 그녀와 단둘이 이야기를 나누고 싶었다. 가라, 이것들아. 제발 가버리라고. 아무리 눈치를 줘도 문과 윤과 박은 자리를 뜨지 않았고, 결국 피해버린 건 그녀였다. 문과 윤과 박은 그날 그녀의 도도함에 대한 불만을 몇 마디 늘어놓았고, 소운은 혼자서 술에 취했다.

그것으로 끝이라고 생각했다. 다시 우연히 만나게 될 줄은 꿈에도 몰랐다. 그녀는 5년 전 신문에서 본 사진과 똑같은 동그란 안경을 쓰고, 티셔츠와 청바지를 입고 있었다. 친구(일까? 혹시 연인은 아닐까?)를 만나러 나와서인지 지난번보다 조금 더 자연스러워 보였다.

소운은 그녀와 친구의 대화를 들으려고, 동시에 듣지 않으려고 애썼다. 그건 글로만 좋아하던 그녀를 처음 대하면서 시선을 어디에 두어야 할지 알 수 없던 마음과 똑같았다. 실망하고 싶지 않았지만 동시에 너무도 호기심이 일었다. 그녀의 목소리는 거의 들리지 않았고, 목소리가 큰 그녀 친구의 몇 마디만 드문드문 귀에 들어왔다.

'제법 오랫동안 한 사람과 안정적인 연애를 하는 패턴이었다고.'

'그 남자랑 여자 들이 너한테 어떤 영향을 받은 게 있었어?'

그러니까 그건 연애 상담인 것 같았다. 그녀에게는 좋아하는 사람이 있는 모양이었다. 그리고 예전에도 있었던 모양이었다. 그래, 그럴 수도 있지. 아니, 당연히 그랬겠지. 소운이 마음의 냉각 기능을 최강으로 해놓은 까닭에 그 말들은 소운의 마음에 와서 부딪친 다음 그대로 바닥에 떨어졌고, 별다른 흠집을 내지 못했다. 소운은 자신이 상처받지 않았다고 생각했다.

그러나 그녀에게 아무렇지 않게 몇 마디를 건네고 혼자 걸어가는 동안, 그 말들이 부딪친 자리가 다시 녹아 흐르기 시작했다. 소운은 도저히 견딜 수가 없어 뒤를 돌아보았고, 그곳에 거짓말처럼 그녀가 서 있었다. 뭘 놓고 왔느냐고 그녀가 물었을 때, 소운은 하마터면 대답할 뻔했다. 서영 씨를요. 서영은 마치 그런 마음을 꿰뚫어보는 것 같았고, 소운은 상대방에 대한 미움과 자기혐오, 그럼에도 거부할 수 없는 이끌림을 느끼며 그녀를 따라갔다.

맥주를 마시던 시간은 이상했다. 한없이 편안하면서도 괴로웠다. 소운은 알 수 없는 충동과 내내 싸웠다. 그 충동은 그녀가 부인하고 싶은, 그러나 결코 부인할 수 없는, 지독한 질투에서 비롯된 것이었다.

소운은 알 수 있었다. 『스틸 라이프』를 쓰면서 한서영이 책 속의 사람들을 절절하게 사랑했다는 사실을. 소운의 눈에는 보였다. 문장들 바깥, 보이지 않는 서술자의 위치에서 그녀가 짓고 있었을 표정이. 그 문장들을 쓰면서 흔들렸을 손가락이. 그 익명의 화자들은 허구의 인물들이었을까? 그렇건 그렇지 않건 소운은 미칠 듯한 질투를 느꼈다. 작가로서. 그리고 인정하기 두려웠지만, 한 여자로서.

한 사람의 삶을 현미경으로 들여다보듯 그토록 섬세하게,

그러면서도 애정 어린 시선으로 그려낼 수 있는 방법은 소운이 알기로는 사랑뿐이었다. 소운 역시 숱하게 사랑을 해보았지만, 사랑이 글 안으로 들어온 적은 없었다. 그러기에는 소운의 자아가 너무 강했다. 마음의 약한 부분이 이야기에 들어올라치면 소운은 농담을 늘어놓거나, 주인공에게 쓸데없이 센척을 시키거나, 전투 장면을 넣어서 쫓아버렸다. 그게 소운의 방식이었다.

한서영의 글에는 그런 게 없었다. 그녀는 정직했고, 돌려 말하지 않았고, 그러면서도 대상에게 흠을 내지 않았다. 그렇게 쓰다 보면 정직함의 대가로 상처를 끌어안는 건 작가 자신일 수밖에 없을 거라고 소운은 생각했다. 그런 글을 쓰면서 사랑 이야기는 쓸 수 없다고 말하는 그녀는, 맥주 한 병에 얼굴이 붉어지는 그녀는, 시간이 갈수록 정말 이상한 방식으로 소운을 미치게 하고 있었다. 자신의 우상들을 완벽하게 알아맞히는 그녀를 보며, 자신의 책을 읽었다고 말하는 그녀를 보며, 소운은 점점 두려워졌다. 그래서 자신도 모르게 그녀를 공격했다.

아니 에르노와 트루먼 커포티 얘기를 하면서.

당신도 그들과 동류인 걸 알고 있다고 에둘러 말했다. 동경과 두려움이 뒤섞인 목소리로. 당신은 무서운 작가이고, 너무도 근사하게 빛나고 있지만, 아마도 내가 욕심을 품어서는 안 되는 사람이겠지. 그러니까 내게 다가오지 마. 나는 당신을 알고 있어. 이유는 알 수 없지만 당신이 당신 마음속의 사랑하는 능력을 두려워하고 있다는 것도 알지. 그 부분을 칭찬하면 당신이 도망친다는 것도. 그러니 도망쳐. 그때처럼. 나를 놔줘. 그렇게 말하면서 도망쳤다.

그러나 더 이상 도망칠 곳이 없었다. 어디를 가도 무엇을 해도 그녀의 얼굴밖에 떠오르지 않았다. 뇌가 모두 녹아버린 것처럼 소운은 얼간이 같은 행동을 하기 시작했다. 『스틸 라이프』를 한 권씩 꺼내 아무 데나 펼치고, 감탄과 자학에 번갈아 젖어 열을 내고, 싸늘하게 마음이 식었다가, 책을 제자리에 꽂아놓기를 반복했다. 검색창에 그녀의 이름을 적어 넣고 몇 번이나 돌렸다. 문학 단신 코너에 몇 번 실린 짧고 무미건조한 책 소개와 독자들의 리뷰를 제외하고는 아무것도 나오지 않았다. 기사도, 사진도, 그녀에 관한 어떤 정보도 없었다.

소운은 지금까지 쓴 문단을 지웠다. 손가락을 움직여 다시 썼다.

메르의 여름은 길고 타는 듯했다. 그녀는 그 안에 갇혔다.

왜 갑자기 여름으로 바뀌었는데? 이야기가 황당하다는 듯 물었다.

소운은 대답하지 않았다. 서영이 메르의 여름이었다.

집어치워. 이건 틀렸다고. 이야기가 다시 짜증을 부렸다.

그 말이 옳았다.

*

'서영아. 글쓰기가 힘들고 고달파도 네가 택한 길이니 참고 잘해나가야 한다.'

이모에게서 짧은 메시지가 왔다. 답신을 보내지는 못했다. 참고 잘해나가지 못해서 죄송해요, 이모. 저는 지금 다른 사람의 글 속으로 도망치고 있어요.

『소년에게, 영원히』는 슬프고 이상한 사랑 이야기였다.

알 수 없는 이유로 열아홉 살에서 성장이 멈춰버린 소년이 있고, 그를 사랑하는 소녀가 있다. 세월이 흘러도 소년은 열아홉 살 그대로지만, 소녀는 나이를 먹어 여인이 되고, 다른 사람과 결혼한다. 세월이 더 흘러 소녀는 마침내 노인이 된다. 이야기는 얼굴에 검버섯이 가득하고 허리가 굽어 지팡이 없이는 걸을 수 없는 노파가 된 소녀가 소년의 집을 찾아오면서 시작한다. 소년은 소녀를 알아보지 못하고, 노파는 친척의 집을 찾으려다 길을 잃은 척하면서 물 한 잔을 청해 마신 뒤 그를 떠난다. 그에게는 말할 수 없었던 수십 년 동안의 그리움이 독백처럼 흐르고, 이야기의 끝까지 계속된다.

읽으면서 몇 번이나 심장에 통증이 느껴져 서영은 읽기를 멈춰야 했다. 원고에는 거의 오자가 없어서, 들고 있던 빨간 펜이 자꾸 말랐다. 어쩌다 윤문하면 좋을 부분을 발견해도 왠지 원고에 손대는 일이 불경스럽게 느껴져 망설이게 되었다.

이것이 강은재 작가의 작품이 맞을까? 서영은 놀라움에 사로잡혔다. 언제나 이지적이고 흔들림 없는 문체로 역사의 거대한 흐름과 그 안에서 상처받은 개인들의 이야기를 다뤄온 그분이 이런 이야기를 쓸 줄은 몰랐다. 모든 문장이 오랜 시간 숙성을 거친 듯 정갈하고 단아하다는 점에서는 예전과 같았으나, 이야기가 바라보는 방향이 달랐다. '정의', '신뢰', '희망'……. 작가는 지금껏 자신이 천착해온 그런 화두들을 모두 버린 것 같았다. 갈망만이, 오직 갈망만이 있었다.

소년과 이별하고 세월이 흘러 중년 여인이 된 소녀는, 남편과 딸과 함께 차를 타고 나들이를 가다가 교통사고를 당한다. 잃었던 의식을 되찾았을 때 그녀는 병원 침대에 누워 있다. 그녀는 경미한 부상만 당했을 뿐이지만, 남편과 딸은 중태이다. 슬픔과 황망함에 사로잡힌 그녀 앞에 의사의 옷차림을 한 악마가 나타난다. 악마는 그녀의 마음속에서 수십 년 전 소년의 기억을 끄집어낸다. 그러고는 제안한다. 그녀를 다시 젊어지게 해주겠다고. 소년을 만나게 해주겠다고. 대신 남편과 딸의 생명을 자신에게 달라고. 그녀는 놀랍게도 그 제안을 받아들인다. 소녀가 된 그녀는 눈물을 흘리며 소년과 재회하고, 그와 사랑을 나눈다.

하지만 악마는 악마일 뿐이었고, 그 하룻밤의 사랑은 꿈일 뿐이었다. 남편과 딸의 장례식이 끝나고, 그녀는 자살을 시도하지만 미수에 그친다. 죽음에서 겨우 살아 돌아온 그녀를 거두는 것은 남편이 다니던 성당의 교인들이다. 그녀는 성당에 나가며 잠시 살아갈 의지를 되찾는다.

하지만 절대적인 고독과 고통 속에서 몇 달째 묵주기도를 하던 중에 빛으로 둘러싸인 성모가 그녀 앞에 자애로운 모습을 드러내고, 마침내 참회할 기회를 주었을 때, 그녀는 죄를 뉘우치는 대신 자신이 여전히 소년을 사랑하노라고 고백한다. 살아가는 동안 단 한 순간도 그를 잊은 적이 없노라고, 교통사고가 난 그날로 돌아가더라도 자신은 다시 한 번 악마의 제안을 받아들일 거라고, 그것이 다만 하룻밤 꿈속의 일이라 할지라도 선택은 달라지지 않을 거라고, 성모의 눈을 또렷이 바라보며 말한다. 그러고는 묻는다. 마리아여, 천주님은 왜 그에게는 주시지 않은 늙음이라는 형벌을 나에게만 주셨습니까? 왜 나에게 주신 것을 그에게는 주시지 않았습니까? 그분의 잔인한 장난입니까? 당신 태중의 복된 아들 예수 그리스도의 어리석음입니까? 아니면 우리를 위하여 천주께 비시는 당신의 무신경함입니까?

성모는 신을 모독하는 그녀에게 대답하지 않고 슬픈 눈을 한 채 사라지고, 그녀는 며칠 뒤 성당을 떠난다. 그러고는 외딴 바닷가 마을로 가 고된 노동을 하며 여러 노인들과 더불어 살면서 날마다 소년을 떠올린다. 마침내 백발이 성성해지고, 병에 걸려 살날이 얼마 남지 않았음이 분명해지자 그녀는 소년을 찾아간다.

독주 같은 이야기였다. 다 읽는 데는 나흘이 걸렸다. 끝까지 읽고 나자 소름이 끼쳤고, 글에 압도되어 진이 다 빠져버릴 지경이었다. 노파가 여전히 소녀의 마음을 갖고 있었기 때문이 아니라, 반대로 그녀의 마음이, 세상이 순수라고 부르는 것과는 거리가 먼 방향으로 나이를 먹고 추해지는 과정이 낱낱이 그려져 있었기 때문이었다. 노파가 된 소녀는 사람을 사서 소년의 다리를 부러뜨린 뒤 영원히 자기 곁에 두는 상상을 한다. 그를 독살하는 상상도 한다. 그리고 그를 찾아갔을 때는 주름진 얼굴로 그에게 입맞추는 상상을 한다. 그의 옷을 벗기고, 자신의 여든 살 몸으로 그를 안는 상상도 한다. 노인과 젊은이의 사랑을 그린 어떤 작품도 넘지 않았던 선을, 강은재 작가는 넘었을 뿐 아니라 조금도 두려워하지 않는 것처럼 보였다. 아름답지도 숭고하지도 않은 이것이, 이렇게 끔찍한 냄새를 풍기고 검버섯을 달면서 시큼해져가는 이것이, 살아 있는 사람의 살아 있는 사랑이라고 말하고 있는 듯했다.

나와는 얼마나 다른가, 서영은 생각했다. 비교하는 것 자체가 민망했다. 한 사람을 그토록 오래 바라보는 마음이란 서영에게 미지의 영역이었다. 남들을 의식하지 않는 그런 단호한 태도는 더더욱. '글'이라는 단어를 떠올리면 서영은 언제나 '두려움'이라는 단어가 함께 떠올랐다. 처음부터 그랬다.

다희의 말이 생각났다. 나는 두려워하면서도 복수하고 싶었나? 누구에게?

알고 있었지만, 알고 싶지 않았다. 어쨌든 그 일은 실패했으니까.

복수를 하려 했다면 더 과감하고 적나라하게 했어야 했다. 이 소설, 『소년에게, 영원히』처럼 인간의, 자신의 밑바닥을 드러내 보였어야 했다. 그러나 서영은 자신이 저주받은 짐승이라고 생각하면서도 열두 권의 책을 쓰는 동안 사람들의 시선을 끊임없이 의식했다. 끝내 자신을 지켜보는 미지의 눈동자들에서 벗어나지 못했다. 그 눈동자들이 아름다운 것이라고 판단하는 이야기를 쓰려고 애를 썼다.

하지만 그 꿈은 진짜였다. 꿈속의 생생한 감각도, 그 뒤의 끔찍한 기분도, 이별을 말하면서 어쩐지 안도의 한숨을 내쉬는 것 같던 옛 연인들의 표정도 진짜였다. 온전한 짐승도 온전한 사람도 될 수 없어 꼴사나운 괴물. 짐승으로 한 짓을, 사람으로 돌아와 괴로워하는 존재. 그게 자신이었다. 서영은 여전히 어느 쪽도 선택할 수 없는 상태로 살고 있었다. 익숙하고 끔찍한 감정이 밀려와 서영은 자리에 누워 눈을 감았다.

얼마나 지났을까, 메일함에 설정해둔 알람이 울렸다.

웃고 싶은 기분이 아니었다. 전혀라고 말해도 좋을 만큼, 아니었다.

하지만 일어나 그것을 읽는 동안, 서영은 웃어버리고 말았다. 또다시.

안녕하세요, 한서영 작가님.

그날은, 우연히 만나서 반가웠어요, 라고 말하고 헤어졌었죠.
다음에 어디선가 또 우연히 만나자고요.
마치 우연을 관장하는 신이 어디선가 제 말을 듣고 있어서, 그렇게 말하면 그대로 이루어질 것처럼요.
며칠째 우연이 일어나길 기다렸는데, 일어나지 않았어요. 신에게 전화를 걸어보니 휴가 중이라고 하더군요. 오랜만의 휴가니까, 귀찮게 굴지 말라고.
그래서 할 수 없이 제가 신이 되기로 했어요.
그날 말했던 '다음'이 오늘이면 좋겠어요. '어디선가'가 그리 멀고 낯설지 않은 곳이기를 바라요.
집이 응암역 근처라고 하셨죠? 지금부터 한 시간 뒤에 응암역 1번 출구 앞에서 기다릴게요.
이 메일을 바로 읽지 못하실 수도 있겠죠. 어디 먼 곳에 계실지도 모르고.
신이 되긴 했지만 그것까지 예측할 수는 없네요. 임시로 위임받은 신이어서 그런가 봐요.
하지만 신의 권능으로, 작가님과 우연히 만나기를 원해요.

이 메일을 먼 곳에서 읽으신다면, 공간이 뒤틀릴 거예요.

이 메일을 나중에 읽으신다면, 시간이 거꾸로 흐를 거예요.

지금 다른 중요한 할 일이 있다면, 그 일이 중요하지 않게 될 거예요.

그래서 저와 그 시각 그곳에서 우연히 만나게 될 거예요.

만약 그럴 수 없다면, 세계는 그대로 멸망할 거예요. 제가 실패한 신이라는 증거니까요.

그럼, 곧 만나요.

littlecloud, 소운

*

차라리 세계가 멸망해버렸으면 좋겠다고 생각했다. 그러면 이렇게 괴로운 감정은 느끼지 않아도 되겠지. 무섭지도 않고, 황홀하지도 않고, 자신이 혐오스럽지도 않고, 모든 것이 평온할 거라고 서영은 생각했다.

그래서 세계를 멸망시키기로 했다. 자리에서 일어나는 대신 그대로 누워 잠을 잤다. 잠결에 몇 번인가 다시 알람 소리가 들렸지만 무시하고 눈을 감았다. 눈을 떴을 때는 다음날 아침이었다. 몇 통의 메일이 더 와 있었지만, 확인하지 않았다. 그대로 가방을 챙겨 집을 나섰고, 근처 정류장에서 버스를 탔다. 얼마 전에 개봉한 미치도록 무섭다는 공포영화를 보러 갈 생각이었다. 극장에 도착해 표를 끊었고, 자리를 확인하고 혼자 앉았다.

불이 꺼졌고, 영화가 시작되었다. 전혀 무섭지 않은 영화였다. 한 시간쯤 지났을 때 스르르 잠이 밀려왔다. 눈을 뜨려고 애를 썼지만 견딜 수가 없어서 서영은 꾸벅꾸벅 졸기 시작했다.

눈을 떴을 때 서영은 자신의 어두운 방에 돌아와 있었다. 열린 노트북 화면에는 최소운의 메일이 그대로 열려 있었다. 시계를 보니, 메일을 확인하고 5분이 지난 시각이었다.

서영은 자리에서 일어나 옷을 갈아입었다. 차라리 세계가 멸망해버렸으면 좋겠다고 여전히 생각하면서.

그리고 한 시간 뒤, 그 생각은 더 강렬해졌다.

최소운은 지하철역 출구 바깥에서 담에 등을 기댄 채 책을 읽고 있었다. 이 상황에서 책이라니, 서영은 생각했다. 저건 태연함을 가장하려는 걸까, 아니면 정말로 읽고 있는 걸까? 최소운이 책에서 눈을 들더니, 깜짝 놀란 표정을 지었다.

"어, 안녕하세요?"

그녀가 덮은 책을 가방에 넣었다.

"어디, 가는 길이세요?"

절대로 웃지 않겠다고 다짐했는데, 서영은 그만 웃음이 터져버렸다. 그래도 최소운은 웃지 않았다.

"반갑네요. 이렇게 또 우연히 만날 줄은 정말 몰랐는데."

최소운이 등을 바로 하고 섰다.

"우연이 세 번 겹치면 인연이라던데, 바쁘시지 않으면 어디 가서 저녁이라도 같이 드실래요? 인연이니까."

그녀도 웃었다. 자신감이 가득한, 빛나는 웃음이었다. 열등감이나 병적인 망상 따위는 겪어본 적이 없을, 건강하게 자란 사람의 건강한 웃음. 나와는 얼마나 어울리지 않는 사람인가, 서영은 그녀의 곁에서 걸어가며 생각했다.

두 사람은 일본식 술집으로 갔다. 튀김과 우동과 닭꼬치를 주문하고 사케를 곁들였다. 여름이 오고 있었고, 술집 안은 불의 열기 때문에 후덥지근했다. 두건을 쓰고 음식을 내오는 종업원의 이마에 땀이 배어나 흐르고 있었다.

아까 그 책은 뭐예요? 서영이 물었다. 그녀는 가방에서 책을 꺼내 보여주었다. 영어로 된 원서인 줄 알았는데, 한국어로 번

역된 그래픽노블이었다. 닐 게이먼, 『샌드맨』 6권.

서영은 책을 넘겨보았다. 특이한 만화였다. 꿈, 절망, 욕망, 죽음, 파괴, 운명, 분열. 그런 추상명사를 이름으로 가진, 아마도 신들인 것 같은 인물들이 주인공이고, 짧은 이야기 여러 편이 옴니버스식으로 이어져 있었다. 첫 번째 단편 제목은 「추락의 공포」였다. 까마득히 높은 암벽을 기어오르는 한 남자가 그려진 페이지가 서영의 눈을 강렬하게 잡아끌었다.

"안 읽어보셨으면 빌려드릴게요."

"무슨 얘긴데요?"

"음, 읽어보면 알아요. 그 얘기, 지금 저한테 도움이 될 것 같아서 보고 있었거든요."

"그래요? 그럼 저 빌려주지 말고 계속 보셔야죠."

"아뇨, 이제 괜찮아요. 괜찮을 것 같아요."

최소운이 웃었다. 그러고는, 대화가 되기에는 너무 작고, 혼잣말이라기엔 명백히 상대를 염두에 둔 크기의 목소리로 덧붙였다. 만났으니까.

그녀는 얼굴에 떠오른 미소를 감추려는 듯 시선을 피하며 화제를 돌렸다. 오늘 아침에는 창밖에서 까마귀가 울더라고요. 좋은 징조 같았죠. (까마귀요?) 네, 저희 동네에는 까마귀가 많아요. (그게 좋은 징조예요?) 음…… 멋있지 않나요? 까마귀, 색깔도 예쁘고. 저는 좋아하는데. (그렇군요.) 아니, 그러니까, 그게 아니고…….

알코올이 의식을 엿가락처럼 길게 늘어질 때까지 잡아당기더니 허공으로 끌고 올라갔다. 서영은 까마귀가 되어 그녀의 머리 위를 날아다니는 기분으로 무심하게 그녀를 관찰했다. 최소운은 담배를 피우지 않았고, 담배 연기를 싫어했다. TV를 거의 보지 않았고, 누구나 아는 아이돌 그룹도, 어느 동네에 어떤 맛집이 있는지도 잘 몰랐다. SNS를 전혀 하지 않았고, 전화나 메신저 대신 메일을 쓰는 걸 좋아했다. 소설 바깥의 세계에선 한없이 구식인 사람 같았는데, 이상하게도 그게 답답해 보이지는 않았다. 인터뷰에서는 그토록 지적이자 도전적으로 보이고, 소설에서는 멱살을 잡아끌고 가듯 읽는 사람을 몰입시키던 사람에게 이런 면이 있다는 것이 신기했다. 여러 가지 화제를 집적거려도 대화가 잘 이어지지 않아서 쩔쩔매는 그녀의 표정을 훔쳐보는 게 재미있었다.

"참, 저 이번에 단편도 발표해요. 월간지에."

"그래요? 잘됐네요."

"문예지는 사람들이 별로 안 읽지만, 정말 잘 쓰고 싶어요."

"잘 쓰실 것 같아요."

"마감이 원래 일주일 전이었는데, 미뤘어요. 진짜 진짜 최종 마감이 내일이래요."

"……네? 다 썼어요?"

"아뇨. 사실은 또 까맣게 잊고 있다가 이틀 전에 깨달았어요. 망한 것 같아요."

그녀가 웃었다. 너무 무방비한 웃음이어서 서영도 따라 웃을 수밖에 없었다.

"어떡해요?"

"괜찮아요. 전 천재니까, 어떻게 되겠죠."

"그럼 얼른 들어가서 쓰세요."

"그럴까요? 저 그냥, 갈까요?"

그녀가 자리에서 벌떡 일어났다. 어이가 없어진 얼굴로 서영이 올려다보자, 그녀가 재촉하는 눈으로 서영을 쳐다보았다. 서영이 할 수 없이 대답했다.

"아뇨."

그녀는 만족한 표정으로 다시 자리에 앉았다.

이런 분위기, 이런 표정, 깃털로 건드리는 것 같은 이런 말들. 가슴에 통증이 지나갔다. 어떻게 해야 할지 알 수 없어서,

서영은 새우튀김을 입에 넣었다. 세계는 곧 멸망할 텐데, 이게 마지막으로 먹은 음식이 되겠지. 마지막 만찬치고는 나쁘지 않네. 튀김을 노려보며, 그렇게 쓸데없이 정신을 집중하고 있었다. 세계는 건재했다. 서영 혼자만 멸망하고 말 것 같았다. 서영은 엄청난 속도로 명석함을 잃어가고 있었다.

"그런데 어디 아팠어요? 조금 피곤해 보여요."

이런 말에 흠칫 놀라, 화장이 들떴나, 머리가 또 엉망인가, 생각한다거나.

"저, 작가님이라는 말이 좀 어색해서 그러는데요. 우리 둘 다 작가니까, 호칭을 좀 바꿔도 될까요? 선배님? 아니면 언니?"

이런 질문에 좋을 대로 아무렇게나 부르라고 대답해버린다거나.

"그냥 서영 씨라고 불러도 돼요? 제가 세 살 어리긴 하지만."

이런 말에 이의를 달 타이밍을 놓쳐버리고 고개를 끄덕이는 자신에게 이질감이 느껴졌다. 그런 자신이 두려워서 술을 마시고, 술을 마시자 더 커진 두려움 때문에 또 술을 마셨다.

바보처럼, 얼굴을 붉히며 웃고 있다. 언젠가처럼. 지난번처럼. 터질 것처럼 심장이 뛴다고 느끼면서, 저항할 수 없다고 생각하면서.

"참, 저는…… 레즈비언이에요."

다른 화제 끝에, 아무렇지도 않게 최소운이 말했다. 서영은 고개를 끄덕였다.

"알고 있었어요. 처음부터."

정확히 말하자면 처음 본 그날, 멀리서 사람들과 함께 성큼성큼 걸어오는 최소운을 지켜보는 순간 알았다. 아니, 냅킨으로 입을 닦는 그녀를 본 순간이었던가. 그도 아니면 어떤 미소, 어떤 표정 때문이었나. 그냥, 아주 자연스럽게 알 수 있었고, 그 순간부터 심장이 더 빠르게 뛰기 시작했다.

"그래요?"

"네."

"그랬구나……. 혹시 그것 때문에 불편하셨던 건 아니고요?"

최소운이 조심스럽게 물었다. 그날, 서영의 방어적이었던 태도와 그것을 연결지어 생각하고 있는 것 같았다.

"그런 건 전혀 아니에요. 저도 바이섹슈얼인걸요."

"……그래요? 그랬군요."

최소운이 비로소 안도하는 표정을 지었다. 서영은 친한 친구처럼 그녀의 어깨를 툭 건드려주고 싶었다. 그런 걸, 걱정하고 있었군요? 겁내지 말아요. 그렇게 말해주고 싶었다. 동경하던 최소운을 만난 한서영이 아니라, 혐오로 가득한 세상 한복판에서 한 명의 퀴어를 만난 또 한 명의 퀴어로서, 그렇게, 그냥, 반갑게, 자매처럼. 하지만 정작 겁을 먹은 것은 서영이었다. 또 다른 종류의 두려움이 견고하게 서영의 마음을 둘러쌌다. 서영은 웃으면서 생각했다. 어떡하지. 어떻게 해야 할까. 최소운의 두 눈이 똑바로 서영을 들여다보고 있었다. 거짓 없는, 그리고 숨길 수도 없는, 순수하고 무해한 기쁨이 배어나는 눈이었다. 그 두 눈을 마주보는 동안 조금씩 무방비 상태가 되어가는 자신의 마음을, 서영은 어떻게 해야 할지 알 수 없었다. 피하기에는 너무 많이 와버렸다. 한편으로는, 점점 짙게 올라오는 술기운을 털어내고 지금 이 순간을 또렷한 정신으로 기억해두고 싶기도 했다. 이런 대화를 하고 있다. 이 사람과 이런 말을 나누고 있다. 믿어지지 않았다. 신기하기도, 조금은 어색하기도 했다. 하지만 역시, 겁이 났다. 이 사람과는 그냥 친구나 자매로는 지낼 수 없으리라는 걸, 서영은 알고 있었다. 너무 취했어, 바보같이. 서영은 정신을 차리고 자신을 들여다보려고 애썼다.

어느새, 모르는 척 이 흐름에 몸을 싣고 있다. 이번은 다르다고 생각한다. 이 사람은 특별하다고. 하지만 지난번에도 그러지 않았던가? 벌써 잊어버린 그 사람도, 그때는 특별하지 않았나? 그들 모두를 평가절하할 만큼 너는 대단한 사람인가? 매번 진심이었고, 매번 사랑했는데도 아무것도 남지 않았다면, 이번에도 그렇지 않을까? 이 사람 역시 책 한 권으로 변해버릴 것이다. 그리고 너는 똑같은 죄책감을 느끼겠지. 서영은 머리가 아팠다.

"……그렇지 않아요. 나도 그렇지 않을 때가 많아요. 그냥, 남들만큼 드러내지 않을 뿐이죠."

정신을 차려보니 최소운이 좀 심각해진 얼굴로 대답하고 있었다. 화가 난 걸까? 자신이 뭔가 화날 만한 질문을 한 모양이라고 서영은 생각했다. 그런데 그 질문이 뭐였는지는 기억나지 않았다.

옆자리 사람들이 큰 소리로 웃으며 떠들어대고 있었다. 이 술집은 너무 덥고, 소리가 잘 들리지 않아, 서영은 생각했다.

"서영 씨."

그녀가 불렀다.

"괜찮아요?"

"정말 피곤했나 봐요. 이렇게 빨리 취해버리다니."

편의점 앞에 놓인, 파라솔이 세워진 테이블에 앉았다. 생수? 아니면 따뜻한 뭔가를 마실래요? 최소운이 물었다. 서영은 차가운 탄산수를 부탁했다.

밖으로 나오니 답답하던 속이 트이면서 살 것 같았다. 하지만 실내에 있을 때와는 달리 밤바람이 아직은 제법 차가워서, 반팔 티셔츠를 입은 팔에 오스스 소름이 돋아났다. 그녀가 입고 있던 재킷을 벗어 서영의 어깨에 걸쳐주었다. 이셀레의 망토 같은 검은 옷에 둘러싸이자, 서영은 자신이 아주 작아진 것처럼 느껴졌다.

톡 쏘는 차가운 음료수를 마시다 서영은 문득 깨달았다. 이런 것. 나는 이런 것이 왜 이렇게 어색할까? 배려받는 것. 보호받는 것. 따뜻해지는 것. 마음이 녹는 것.

사랑받는 것. 내가 작아지는 것. 상대방보다 약하다고 느끼는 것. 이런 기분을 느끼면 나는 견딜 수 없어지고 만다. 그래서 상대를 먼저 망가뜨리고 싶어지는 것이다.

'사람은 그렇게 쉽게 망가지지 않아. 그런 일로 망가진다고 생각하는 게 오히려 오만이라고.'

다희의 말이 떠올랐다. 하지만 자신을 지키면서 상대방을 사랑하는 방법을 서영은 알지 못했다. 언제나 둘 중 한 명은 사라져야 했다.

서영은 옆에 앉은 최소운을 바라보았다.

이렇게 강한 사람이라면, 틀림없이 내가 사라지고 말겠지.

"할 말이 있어요."

최소운이 말했다.

"나, 글을 쓸 수가 없어요."

음? 그런 증상이라면, 내가 좀 아는데.

"지난번 만났을 때 이후로, 한 줄도 써지지가 않아요. 머릿속이 하얘진 것처럼 아무 생각도 나지 않아요. 지금까지 이런 적, 한 번도 없었는데."

갑자기 바람이 불어와 서영은 눈을 찡그렸다. 엉망이 된 앞머리를 바로잡으려는데, 최소운이 한 손을 들어 올려 그 일을 대신해주었다.

"누구 때문인지 알아요?"

그녀가 서영의 긴 머리카락을 바라보며 물었다. 마치 시선으로 머리를 쓰다듬는 것 같았다. 거기에 그녀가 눈빛으로 아주 조심스럽게 따라 그려 실선을 만들어야 하는 점선이 있는 것처럼.

"잘, 모르겠는데요."

그때 그녀의 한 손이 다가와 서영의 한쪽 뺨을 감쌌다.

"입맞춰도 돼요?"

서영은 한숨을 쉬며 고개를 끄덕였다.

다른 한쪽 손이 다른 쪽 뺨을 감싸고, 얼굴을 끌어당겼다. 그녀가 서영에게 키스했다. 더 이상 참을 수 없다는 듯. 입술 사이로 깊은 한숨이 새어 들어왔다. 서영의 몸속에서, 작게, 무언가가 폭발하는 소리가 났다.

그녀는 입술이 떨어지는 것을 견디지 못했다. 한 번 더 키스했다. 그리고 또 한 번 더. 호흡할 공기가 부족했다. 서영은 입술을 떼어내고 싶었다. 숨을 쉬고 싶었다. 하지만 아무것도 없는 무중력 공간 한복판에서 우주복 헬멧에 구멍이 난 것처럼, 도망치고 싶다는 마음을 배반하는 절박함이 온몸을 가득 채웠다. 산소가 있는 곳은 오직 한 군데뿐이었다. 서영은 그녀의 폐속 공기를 빨아들였다. 그러자 이번에는 그녀가 서영의 몸속에 있던 공기를 끌어당겨 삼켰다. 생각할 틈도 없이, 한순간에, 몸의 모든 세포가 한꺼번에 흔들리며 산소가 떨어져 나가는 것 같았다.

충동이었다. 이유도 해석도 필요 없는 순수한 충동이 그녀들의 몸을 앞으로 밀었다. 두 사람은 서로를 원했다. 그것 말고는 아무것도 없었다.

아름다워, 복도의 공기가 서영에게 속삭였다. 너는 아름다워. 지금 이 순간, 사랑받고 있는 너는. 알고 있어? 지금 네가 얼마나 예쁘고, 얼마나 나쁜지. 그녀의 마음속에 얼마나 너밖에 없는지. 소운의 손을 잡고 계단을 오르는 동안 서영은 그 목소리를 똑똑히 들었다.

그러나 현관문 손잡이가 손에 닿았을 때 간신히 정신을 차렸다. 문은 차가웠고, 서영은 거기 기대며 돌아섰다. 숨을 몰아쉬며 소운을 밀어냈다.

소운의 숨결이 뒤로 밀려났다. 그러고는 이해하지 못한 채, 다시 다가왔다. 서영이 한 번 더 밀어내자 소운은 그제야 고개를 들었다. 알 수 없다는 표정을 지었다.

"싫어요?"

"……미안해요."

소운이 서영을 한동안 바라보았다. 그러더니 천천히 말했다.

"그렇군요. 알겠어요."

서영은 그녀를 똑바로 볼 수가 없었다.

"제가 착각을 한 건가 봐요. 그런 거죠?"

소운이 물었다. 서영은 천천히 숨을 쉬었다. 인간의 호흡이 돌아왔다. 등에 닿은 서늘한 문이 도와주었다. 그 문 뒤에는 서영의 작은 방이 있고, 거기에는 책상이 있었다. 그 위에는 노트북이, 그 안에는 서영이 지금껏 써온 글들이 있었다. 침대가 있고, 그 옆에는 겹겹이 쌓인 상자들이 있었다. 그리고 열두 명의 뼈와 내장으로 이루어진 먼지 쌓인 책들이 거기 들어 있었다.

서영은 문을 열 수 없었다. 어떻게 해도 그 무덤 속으로 그녀와 함께 들어갈 수는 없었다. 서영이 펼쳐보지 않았으므로 식지도 않은 그 뼈들 곁에서 이 사람을 사랑할 수는.

"너무 늦게 물어보는 것 같지만."

소운이 입을 열었다.

"그래도 물어볼게요. 서영 씨, 혹시 사귀는 사람 있어요?"

아뇨.

"……있었어요. 얼마 전까지."

"그랬군요. 하지만……."

"소운 씨가 짐작하는 것보다 많아요."

소운이 표정을 바꾸지 않은 채 서영을 보았다. 그래요? 하는 눈으로. 그녀의 입가에 살짝 웃음이 머금어졌다. 서영은 어째

선지 그 웃음이 미웠다. 그래서 계속 쏟아부었다.

"아까, 글이 써지지 않는다고 했죠?"

소운이 서영의 얼굴을 가만히 들여다보았다. 서영의 어조가 달라져서였다.

"그래요. 지금까지……."

"나는 반대예요. 하이퍼그라피아(hypergraphia)예요."

서영은 그녀의 말을 끊고 얘기를 계속했다. 글쓰기 중독이죠. 보름 동안 1천 매를 써요. 밥도 잘 안 먹고, 잠도 거의 안 자면서. 그걸 쓰려고 사람을 사귀어요. 잠깐 동안 사귀고, 헤어져요. 그러고는 그 사람 얘기를 글로 써요. 계속 그랬어요. 2년 동안, 열두 명을.

서영은 혀를 깨물고 싶었다. 꼭 이 방법뿐인가? 하지만 늦었다. 말은 이미 튀어나와 흩어져버렸다.

소운은 잠깐 서영을 보다가, 무언가를 생각하는 표정으로 시선을 돌렸다가, 다시 서영을 보았다.

"음…… 그거, 조르주 심농이랑 비슷하네요. 알죠? 추리소설 작가."

아무렇지 않다는 듯 웃으며 그녀가 말을 이었다.

"심농도 그랬어요. 하루에 와인 두 병씩 마시면서 보름에 책

한 권씩 썼죠. 미친 사람처럼. 매그레 경감 시리즈가 다 그렇게 쓴 거예요. 서영 씨랑 속도가 비슷하네요. 내가 생각하기엔, 천재 작가들은 뭔가 그런 게 하나씩 있는 것 같아요. 보통 사람이랑 바이오리듬이 달라서 그런가. 일종의 초능력이랄까. 생각해보니, 그런 걸 유지하려면 다른 에너지가 필요할 것 같기도 해요."

에너지라니. 서영은 웃었다. 이 사람에게 이렇게 하고 싶지 않았다. 이런 식으로 굴 권리는 자신에게 없었다. 하지만 그래야 했다. 사람으로 살려면.

"……나는 그 사람 같은 천재 작가가 아니잖아요. 그리고, 조르주 심농은 평생 1만 명쯤 되는 여자를 만났어요. 쉬지도 않고. 자신을 사랑한 모든 사람을 불행하게 만들었을 텐데, 그건 알고 있어요?"

말하고 보니 우스워서, 또 웃음이 나왔다. 조르주 심농이라니. 밤 열한 시에 집 앞 복도에 서서 조르주 심농 얘기를 하고 있다니. 서영은 웃다가 그녀를 쳐다봤다. 소운의 눈빛이 조금 달라져 있었다. 당연했다. 그녀에게도 한계가 있을 테니까.

"내가 그러면, 소운 씨는 이해할 수 있을까요? 아닐걸요."

서영은 웃으며 말했다.

"서영 씨."

"네."

"왜…… 그런 얘기를 하죠?"

소운이 쓴웃음을 지었다. 침착하려고 애쓰는 것 같았지만, 목소리가 미세하게 떨렸다.

"알아요, 내가 너무 성급하다는 거. 서영 씨 마음은 그렇지 않은데, 나 혼자 앞서 나갔다는 거. 내가 얼마나 가볍고, 바보 같아 보일지도 알아요. 그렇지만…… 견디기가 너무 힘들었어요. 지금도, 상당히, 힘든데."

그녀가 웃으며 눈을 질끈 감았다가, 다시 떴다.

"혹시 남자 쪽을 더 좋아하는, 그런 거예요?"

"……아뇨. 그런 건 아니에요."

"그럼, 내가…… 그렇게 싫어요? 아니면 시간이 필요한가요?"

"그런 게, 아니에요."

"그럼 뭐죠?"

서영은 입술을 깨물었다. 소운이 혼잣말하듯 중얼거렸다.

"잠깐 동안 사귀고, 헤어진다."

소운이 고개를 숙였다가 다시 들고는, 말을 이었다.

"나랑도 잠깐 동안 사귀어요."

그녀가 서영의 눈을 똑바로 들여다보았다.

"그리고 나를 글로 써요. 마음대로 해요. 그런 건 난 상관없으니까."

서영은 그녀를 노려보았다. 저절로 표정이 일그러졌다.

"하지만 헤어지진 말아줘요. 아니, 헤어질 수 없을걸요. 내가 그렇게 두지 않을 거니까."

소운이 웃었다. 장난스러운 표정 아래 괴로운 마음이 몸을 낮추고 이쪽을 보고 있는 게 느껴졌다. 서영은 한숨을 쉬었다.

"왜요? 거짓말 같아요?"

"아뇨."

"그럼요?"

"……내 뜻대로 되는 게 아니에요."

그녀가 서영의 한 손을 잡았다. 두 손으로, 기도하듯이. 소유하려는 위협적인 몸짓이 아니었다. 말 그대로 기도를 하는 것처럼 보였다. 그녀의 손은 따뜻했다. 그 따뜻함 때문에 서영은 정신이 들었다. 내가, 지금 뭘 하고 있는 거지? 이 사람에게, 무슨 말을 하고 있는 거지? 서영은 가만히 그녀의 두 손에서 자기 손을 뺐다. 소운이 상처받은 표정으로 마주보았다.

옳지 않다.

어차피 세계는 멸망한다. 그걸 끝없이 뒤로 미루어봤자 점점 더 옳지 않아질 뿐이다. 서영은 몸을 똑바로 세우고 그녀의 눈을 들여다보았다.

*

집에 돌아왔을 때는 새벽 두 시가 넘어 있었다. 현관문을 열자 익숙하고 초라한 방 공기가 그녀를 반겼다. 혼자 사는, 쓸쓸한, 거절당한, 서른한 살 부치의 방.

오후에 집을 나설 때 소운은 유쾌했고, 자신만만했다. 들뜨는 감정으로, 거의 희망에 가까운 즐거움으로 충만해 있었다. 이런 기분으로 돌아오게 되리라고는 전혀 생각하지 못했다.

소운은 그대로 침대에 쓰러져 자려고 했다. 하지만 곧 다시 일어났다. 지난 몇 시간 동안 벌어진 일을 제대로 받아들이지 못한 이성이 그녀의 몸에 발길질을 해댔다. 머리가 아팠다. 소운은 자리에 앉아 생각을 하려고 시도했다.

그날의 가장 달콤한 부분만을 기억하고 싶어 하는 소운의 심장이 다시금 빠르게 뛰기 시작했다. 이제는 온몸이 타들어가는 것처럼 아팠다. 당장이라도 그녀에게 돌아가고 싶었다. 그녀를 안고 싶었다. 그 눈동자, 그 머리카락, 그 입술. 생각하는 것만으로 몸이 뜨거워졌다. 비참할 정도로.

소운은 일어나 비틀거리며 욕실로 걸어갔다. 차가운 물에 세수를 하고 고개를 들었다. 수건으로 얼굴을 닦고 나서 거울을 보았다. 거기, 가련한 패잔병의 얼굴이 있었다. 그녀는 이해할 수가 없어 거울을 향해 혼잣말을 했다. 내가, 그렇게 별로인가?

눈 밑이 조금 검긴 하지만 이 정도면 괜찮은 얼굴이지 않나? 코털이 삐져나온 것도 아니고, 눈썹도 이상해 보이지 않아. 키가 작지도 않고, 배가 나오지도 않았어. 어깨가 너무 넓거나 팔에 근육이 울룩불룩한 것도 아니고. 그녀는 문득 생각이 난 듯 자신의 손에 입김을 불어보았다. 술 냄새에 자일리톨 향이 아주 조금 섞여 있었다. 편의점에서 급하게 사 씹은 껌 때문이었다. 설마 이것 때문인가? 키스하려고 안달 난 어린애 같아서? 아니, 그런 걸 따질 사람 같지는 않았어.

그럼 설마, 키스를 너무 못해서 그런 거야? 그래? 아닌데. 나, 잘했는데. 잘하는데. 여자들이 울면서 매달리잖아.

소운은 입술을 비틀며 웃어보았다. 선수처럼, 쌍년처럼. 틀렸다. 나쁜 피는 어느 병원에서 수혈받을 수 있나? 나쁜 여자의 연기는 아무래도 되지 않았다.

내가 글을 못 써서 그런 건가?

그런가?

망할. 『하줄라프』 때문이야. 그걸 읽었다잖아. 그럼 안 읽었을 줄 알았어? 아니, 어쩌면 읽다가 재미없어서 던져버렸을지도 모르지.

아니, 그럴 리가 없어.

그 소설, 괜찮은데. 걸작은 아니지만, 데뷔작치고는 나쁘지 않았는데.

소운은 얼굴을 찡그리고 거울 속의 자신을 보았다. 괜찮아, 최소운, 기죽지 마. 작가끼리 사귀는 게 별로라는 거, 너도 알잖아. 〈트럼보〉 봤지. 사람들은 그 영화의 근사한 부분만 기억하지. 달튼 트럼보가 얼마나 위대하고 신념이 강한 작가였는지만. 하지만 너는 알지, 그게 어떤 건지. 욕조에 몸을 밀어넣은 채 밤을 새우고 위장이 다 해지도록 독한 술을 마셔가면서, 자기 딸의 생일에 시끄러우니까 제발 방해하지 말라고, 나는 일을 해야 한다고, 이기적인 괴물처럼 소리치던 트럼보의 모습을 보면서, 정말 토할 것 같다고 생각하지 않았어?

사람들은 모르지, 그런 게 이 일이라는 걸. 아무리 그러지 않으려 해도 가끔 그런 순간들이 오고야 마는 게 이 잘난 직업의, 빌어먹게도 악취 나는 부분이라는 걸. 처음에는 모든 게 순조롭게 돌아가는 것 같지만, 곧 그런 시간이 오고야 말아. 네가 사랑해서 시작한 일이 너를 세상에서 격리시키고, 좋아하는 사람을, 주변의 모든 것을 꼴 보기 싫은 방해물로 취급하라고 명령하지. 오직 자신에게만 몰두하라고, 조바심을 내라고 으르렁대지. 예민한 데다, 계속 그런 목소리를 들을 수밖에 없는 사람 한 명도 아니고 두 명이 만나서, 잘될 거라고 생각해? 아니라는 걸 너는 누구보다 잘 알잖아. 그러니까 차라리 이 편이 나아.

가슴이 쓰렸다. 서영의 말들이 차갑고 생생하게 되살아났다. '소운 씨가 짐작하는 것보다 많아요.' '자신을 사랑한 모든 사람을 불행하게 만들었을 텐데.' '내가 그러면, 소운 씨는 이해할 수 있을까요?'

사실은 짐작하고 있었어. 그 사람 글에서 느낀 이상한 두려움의 실체를. 그래, 맞아. 그런 사람일 줄 알고 있었어. 모든 실마리가 그 사실을 가리키고 있었어. 내가 알고 싶어 하지 않았을 뿐이지.

그래도.

내가, 그렇게 끔찍하게 별로인가? 그런 말들을 들어야 할 만큼?

소운은 그녀에게 매달리다시피 한 자신이 후회되었다. 이상한 사람이야. 그래, 내가 이상한 게 아냐. 그 여자가 이상한 거야. 그렇게 생각하며 짓이겨진 마음을 추스르려 했다.

이해한다고 말했어야 했나? 그게 정답이었어? 아니, 그럴 수는 없었어. 무엇보다 그게 이해해주고 말고 할 문제인가? 그게 어때서? ……그게 어때서? 웬 코르셋이야? 도덕? 정절? 뭐 그런 거 챙기는 사람인가? ……그런데 왜 나는 화나는 거지? 어? 왜 화나는 거냐고, 나는…… 그래, 나는 그냥, 상처받기 싫었던 거야. 정상적인 인간은 좋아하는 사람에게 그런 말을 들었을 때 화나는 거고, 그래서 나도 화났을 뿐이라고. 나를 그 사람들과 똑같이 취급하는 걸, 나도 소비되어 사라질 뿐이라는 걸, 그런 말을 그 입으로 직접 듣는 걸, 견딜 수 없었어.

정상적인 인간. 젠장! 나는 왜 정상적인 인간이란 말인가?

소운을 복도에 세워두고 자기 방에 들어가면 안 되는 이유를 한참 동안 길고 지리멸렬하고 잔인하게 늘어놓다가, 서영은 갑자기 이상한 질문을 했다.

'낭광증(狼狂症)이라고 들어봤어요?'

'라이칸스로피(lycanthropy) 말인가요? 자신이 늑대라고 믿는 병? 알아요. 그런데 왜요?'

내가 그거거든요, 그녀는 조용히 말했다.

'실제로 몸이 변하거나, 날고기를 먹거나, 그러지는 않아요. 꿈속에서만 그래요. 보름날 밤 꿈에서 사랑하는 사람을 먹어치우고, 그 사람을 망가뜨려요. 그래서 결국 헤어질 수밖에 없어요.'

잠시 멍해졌다가, 소운은 웃었다. 웃음을 멈출 수가 없었다. 그래, 어딘가 상처가 있는 사람이라는 건 짐작했어. 하지만 이건 너무 웃기잖아. 〈트와일라잇〉이야? 〈빙 휴먼〉이냐고. 이봐요, 한서영 작가님, 정신 차리세요. 여기는 중세 유럽이 아니고, 21세기 한국이라고요. 그렇게 말하고 싶었다. 그녀의 등을 두들기면서.

하지만 그녀는 농담을 하는 것 같지도, 소운을 비웃는 것 같지도 않았다. 그 목소리는 서영의 문장들과 똑같이 정직했고, 웃음이 사라진 그 눈에는 차가운 슬픔이 어려 있었다. 미친 사람의 헛소리도, 광기도, 위악도, 어떤 자해의 포즈도 아닌, 이해받을 수 없다는 슬픔이.

배터리가 다 됐어, 이 친구야. 소운의 혈관에 남아 있던 알코올이 말했다. 소운은 힘없이 침대로 돌아가 몸을 눕혔다.

그때 흐릿한 의식 속으로 「달의 송곳니」가 떠올랐다. 소운이 그토록 좋아한다고 말했던 그녀의 데뷔작이. 늑대로 변한 여자들을 묘사한 한 문장 한 문장이 생생하게 머릿속에 들어와 부딪쳤다. 소운 자신이 친구들에게 했던 말도 떠올랐다. 한서영의 작품 속에는 항상 일관되게 달의 이미지가 있다고.

그러니까, 혹시.

나를 밀어내려고 괜히 하는 말이 아니라.

정말로 자기가 늑대로 변한다고 믿는다는 거야?

소운은 마지막 힘을 쥐어짜내 침대에서 일어났다. 창가로 걸어갔으나, 창밖에는 아무것도 없이 텅 빈 밤하늘만 펼쳐져 있었다.

오늘이 며칠이지?

잠시 후 소운은 몇 시간 전에 져버린 달이 상현달임을 알아냈다. 보름달까지는 꼭 일주일이 남아 있었다.

*

'아직도 자는 거 아니면 전화 좀 받지?'

부재중 전화와 함께 다희의 메시지가 와 있었다. 서영은 얼굴을 찡그리며 간신히 몸을 일으켰다. 책상 위에는 지난밤에 보던 오르한 파묵의 신작 장편 원고가 펼쳐져 있었다. 원고를 보다 졸았는지 교정지 위에 빨간 펜 자국이 이리저리 나 있었고, 국어사전이 그 위에 엎어져 있었다. 서영은 냉장고에서 차가운 물을 꺼내 마시고 다희에게 전화를 했다.

"왜?"

"밤새웠냐?"

"응."

"왜?"

"네가 일을 많이 줬잖아."

"야, 네가 많이 달라고 했잖아. 많을수록 좋다며."

"그런데 왜? 그저께 보낸 교정지, 뭐가 잘못됐어?"

"아니, 아무 문제 없어. 깔끔해. 번역자 선생님이 너 칭찬하시더라. 그 작가 문체가 워낙 독특해서, 자신 없는 부분이 몇 군데 있었는데, 네가 완벽하게 바꿔놨다고."

미셸 에인절이라는 이름의 캐나다 신예작가였다. 겨우 열일곱 살 먹은 소녀였는데, 벌써 장편소설을 세 편이나 써냈고, 그중 한 편은 유명 문학상 후보로 거론되고 있었다. 세상에는 참 많은 천재들이 있었고, 그들은 분주하게 자기 세계를 만들어 가고 있었다.

그 원고를 읽다가 서영은 R출판사에 전화를 걸었다. 『스틸라이프』는 이제 그만 내겠다고 말했다. 결정하고 나니 후련했지만, 자꾸만 기분이 이상해져, 다희에게 곧바로 일을 더 달라고 했다. 다른 사람의 문장에 파묻히면 모든 걸 잊을 수 있을 것 같았다. 그래, 얼마나 다행인가. 내가 빛날 수는 없지만, 가장 초라할 때 자신을 잊도록 손을 움직여 할 수 있는 일이 있다는 건 고마운 일이었다.

"그러니……? 그럼 뭐야?"

"한서영."

"응."

"너 최소윤이라는 작가 알아?"

갑자기 잠이 달아났다. 다희가 다시 물었다.

"혹시, 저번에 우리 만났을 때, 카페에서 얼핏 스친 여자가 그 사람 아니니? 맞지?"

"응? ……아, 그랬나? 그런데 왜?"

"그 사람이 이번에 우리 월간지에 단편 쓰거든. 원고를 보내왔는데, 월간지팀 일 도와주다가 나도 읽었거든."

"뭐? 그게 너네 잡지였어?"

자신도 모르게 그렇게 묻고 나서, 서영은 똑바로 일어나 앉았다. 잠시 침묵이 흐르더니, 수화기 저편에서 다희가 조용히 웃는 소리가 들려왔다. 고개를 절레절레 저으면서 웃는 듯한 웃음이었다.

"뭐야, 뭔데?"

"이번엔 그 사람이야?"

"뭐가……?"

"어휴, 말을 말자."

"뭔데?"

"서영아."

"응?"

"나, 지금 원래는 절대로 하면 안 되는 일을 하려고 하거든. 들어온 원고를 책 나오기도 전에 이렇게 유출하는 건 저작권 위반이거나 뭐 그렇게 될 수도 있어."

"……?"

“편집자로서 이런 짓은 처음 해보는 건데. 정말 이러면 안 되는 건데. 그래도, 내 생각엔 네가 이걸 읽어봐야 될 것 같아. 지금 메일로 보낼 테니까 너만 봐. 그리고 보고 나선 바로 삭제해.”

서영은 메일을 열었다. 다희가 메일로 첨부한 한글 파일의 제목은 「라이칸 러브」였다. 라이칸 러브, 최소운.

그 단편소설의 첫 문장은 다음과 같았다.

‘그녀는 늑대인간이었다.’

여자친구로부터 그 고백을 들은 S는 자신이 차인 거라고 생각한다. 받아들일 수도, 이해할 수도 없다. 친구에게 조언을 구하지만 친구는 S를 가엾게 여길 뿐이다. 실연을 당해서 정신이 나갔군. 너를 잡아먹기 싫으니까 그만 만나자고 했다고? 아, 그건 초보들도 다 아는 전형적인 회피 멘트잖아. ‘문제는 네가 아니고 나야’라는 멘트 말이야. 정신 차려, 이 친구야. 문제는 너야, 너. 그 여자는 네가 싫어서 헤어지자고 한 거라고.

그래, 문제는 나겠지. S는 그렇게 생각하려고 애쓴다. 싫다면 깨끗하게 물러나주는 게 도리였다. 하지만 S는 그럴 수 없다. 그녀 없이는 단 한 순간도 살 수가 없다.

S는 문헌들을 뒤진다. 늑대인간을 다룬 오래된 문헌들은 이상하다. S는 그녀를 죽이고 싶지 않다. 그녀의 미간을 갈퀴로 찍고 싶지도, 백합꽃을 넣은 펄펄 끓는 타르를 그녀에게 붓고 싶지도 않다. S는 그녀에게 마지막으로 여행을 가자고 제안한다. 통장에 있던 돈을 탈탈 털어 왕복 비행기표를 산다.

S는 그녀를 뉴욕으로 데려간다. 그녀가 늘 얘기하던 MOMA에서 전시회를 보고, 뮤지컬 이야기를 하며 브로드웨이 거리를 걷는다. 뉴욕을 떠난 뒤에는 그랜드캐니언과 모뉴먼트밸리의 비현실적이고 장엄한 풍경 속을 함께 거닌다. 뉴올리언스에서 진짜배기 재즈를 듣고, 텍사스에서 매콤한 멕시코 요리를 먹는다. S는 생각한다. 진작 이렇게 했어야 했어. 사귀는 동안 이런 것들을 해주었어야 했어. 그는 자책한다. 그녀와 함께하는 이 여행은 정말 근사하다.

그러나 그런 화려하고 달콤한 여행을 하면서도 그녀의 표정은 별로 달라지지 않는다. 조금만 더 좋아해주면 좋을 텐데, S는 생각한다. 자신처럼 가난한 예술가가 평생에 꼭 한 번 벌일 수 있는 미친 짓인데, 예상보다 반응이 별로다. 그녀는 나에게서 가난한 예술가적인 면만을 좋아한 것일까, 그랬는지도 모른다, S는 생각한다. 그 생각이 S를 더욱 한심한 여자로 만든다. S는 그녀가 진정으로 무엇을 욕망하는지도 알지 못했고, 그녀가 늑대인간이 되는 것도 막지 못했으니까. 언제 물린 것일까, S는 미친 사람처럼 그 질문을 되풀이한다. 언제, 어느 곳에서, 어떤 망할 놈의 늑대에게 물려버린 것일까?

S는 속이 상하고 배알이 뒤틀린다. 하지만 그녀에 대한 사랑이 S에게 용기를 되찾아준다. S는 세상에서 오직 자신만이 그녀를 구원할 수 있다는 것을 안다. 미대륙 횡단 여행이 모두 끝났을 때, S는 그녀와 함께 한국으로 돌아오는 비행기를 탄다.

원래대로라면 그날은 보름달이 떠야 한다. 하지만 그들은 태양을 따라 줄곧 서쪽으로 날고 있어서 밤을 피할 수 있다. 비행기가 국제날짜변경선을 넘을 때, S는 그녀에게 입맞춘다. 그러고는 조용히 속삭인다. 내 곁에 있어줘. 내가 보름달을 피하게 해줄게.

S는 가난하다. 한국으로 돌아가면 당장 아르바이트부터 구해야 할 처지다. 하지만 S에게는 사랑이 있다. 사랑이 자신을 도와줄 것임을 S는 믿어 의심치 않는다. 그리고 그날, 환한 햇빛 속에서, 그녀는 늑대로 변하지 않는다. 그것으로 충분하다고 S는 생각한다.

서영은 그 소설을 두 번 읽었다.

정말이지, 한심한 소설이었다. 개연성도 없고, 인과관계도 엉망이었다. 문장조차 제대로 다듬어지지 않아 곳곳에 오타가 난무했다. 급히 쓴 티가 역력했다. 대체 뭘 말하려 한 건가? 평론가들은 그렇게 말할 게 뻔했다. 『하줄라프』를 쓴 최소운이 써냈다고는 도저히 믿을 수 없는 작품이었다. 서영이 문단 관계자라면 다음번에는 결코 이 작가의 작품을 실어주지 않을 것이었다. 장편은 괜찮은데 단편은 영 아니군, 이라고 말하면서. 문학판은 그렇게 만만한 곳이 아니었다.

그런 생각을 하면서, 소설 끝부분을 계속 들여다보고 있었다. 작가가 정신이 오락가락하는 상태로 그 이야기를 썼다는 결정적 증거가 거기 있었다. 이야기 속 '그녀'는 처음에는 '그녀'였다. 하지만 마지막 부분에서는 '한서영'이었다.

'한서영은 늑대로 변하지 않았다. 그녀가 쓴 천재적인 작품의 제목 『스틸 라이프』처럼, 변하지 않고 그대로 그 자리에 있었다. 그것으로 충분했다.'

그게 그 소설의 끝이었다.

*

사무실에는 윤과 박과 문이 있었다. 서영이 노크를 하자 그들은 어! 하고 외마디소리를 내더니, 자기들끼리 어쩔 줄 몰라 하는 표정을 주고받았다.

"소운이, 지금 요 밑에 카페에 있는데. 오늘 인터뷰가 있거든요."

서영은 잠시 망설이다가 엘리베이터를 타고 1층으로 내려갔다. 『흔』 사무실은 빌딩 5층에 있었고, 1층은 통유리로 창을 댄 널찍한 카페였다. 서영은 밖에 선 채 카페 안을 들여다보았다. 안쪽, 중앙 자리에서 인터뷰가 진행되고 있는 게 보였다. 카메라를 둘러멘 포토그래퍼가 뒤쪽에서 셔터를 누르고 있었다. 인터뷰이의 얼굴이 서영의 눈에 익었다. 김윤별인가, 은별인가 하는 이름의 신인작가였다. 작품을 읽어본 적은 없었는데, 그녀는 사진으로 본 것보다 돋보였다. 예쁘다기보다는 개성 있었다. 녹색으로 염색한 짧은 머리를 삐죽삐죽 여러 갈래로 뻗치게 스타일링했고, 모델처럼 훤칠한 몸매에 찢어진 청바지와 에스닉풍 상의를 걸쳤다.

순간 소운이 창밖을 보았고, 서영과 눈이 마주쳤다.

소운은 2초 정도 가만히 있다가, 일행에게 뭐라고 중얼거리고는 카페를 나와 서영에게 걸어왔다.

"잠시만 기다려주시겠어요? 10분이면 끝나니까."

"아니, 그러실 것 없어요."

"기다려요."

소운은 그렇게 말하고 자리로 돌아가버렸다. 서영은 카페 창가 자리에 앉았다. 그들의 쾌활한 웃음소리가 들려왔다. 소운이 진지한 목소리로 몇 가지 질문을 더 하고, 대화가 이어졌다. 포토그래퍼가 사진을 몇 장 더 찍었다. 15분쯤 지나 자리가 정리되었고, 신인작가는 떠났다.

가요, 어느새 곁에 다가온 소운이 말했다.

하지만 저녁을 먹으러 들어간 음식점에서 소운은 기분이 상한 사람처럼 아무 말도 하지 않았다. 후루룩 소리를 내며 차가운 우동을 먹고, 말없이 주먹밥을 집어먹고, 물을 마시고, 냅킨으로 입을 닦을 뿐이었다. 별로 자리를 함께하고 싶지 않은, 재미없는 회사의 재미없는 동료와 앉아 있는 것처럼. 빨리 식사를 끝내고 돌아가고 싶은 것처럼. 분위기가 너무 딱딱해서 서영은 계속 말을 붙이지 못하다가, 식사가 끝날 때쯤에야 겨우 입을 열었다.

"『흔』이랑 이미지가 잘 어울리던데요. 아까 그분."

"김윤별 작가요? 네. 작품도 좋아요. 최근에 나온 소설집을 읽었는데, 괜찮았어요. 좀, 특이한 사람이에요. 어려서부터 발레를 했는데, 지금도 일주일에 세 번 정도는 연습을 한대요."

"멋지네요."

"저희 창간호 특집이 '둘'로 바뀌었어요. 그래서 두 가지 이상의 예술을 동시에 하는 사람들을 모아보려고요. 저희 편집위원들도 찬조 출연해요."

서영은 아무 말도 하지 않았다.

"왜요? 화났어요?"

"네?"

"화났냐고요."

"제가 왜요?"

소운은 잠깐 웃었다. 그러더니 웃음을 풀고 말했다.

"어쩌라고요. 저희는 한서영 작가님을 생각해서 '달' 특집을 하기로 한 거였는데, 싫으시다면서요. 그래서 바꿨어요. 잡지는 저 혼자 만드는 게 아니고, 하기로 한 일이니까 해야죠."

소운이 말했다. 더 덧붙일 말이 없는 이야기였다. 서영은 가방에서 『샌드맨』 6권을 꺼냈다.

"책을 돌려드리려고 왔어요."

"안 돌려주셔도 되는데. 그냥, 가지세요."

"아뇨. 돌려드릴게요. 잘 읽었어요. 고맙습니다."

"천만에요."

"재미있었어요."

"네, 재미있는 책이에요."

소운이 한숨을 쉬더니 책을 자기 가방에 넣었다.

읽고 싶지 않았지만 서영은 그 책을 읽었다. 별로 기대하지 않았는데, 모든 이야기가 마음에 들었다. 특히 「추락의 공포」가.

토드 파버라는 유능한 극작가 겸 연출가가 등장하는 이야기였다. 새 연극의 리허설이 시작되기 전날, 그는 TV쇼와 인터뷰를 하던 중에 갑작스레 알 수 없는 두려움에 사로잡힌다. 새 작품이 실패하고, 모두의 눈앞에서 자기가 바보가 될지도 모른다는 두려움에. 그는 충동적으로 그만두겠다고 말하고, 짐을 싼다. 그를 찾아온 배우는 깜짝 놀라 묻는다. '뭐가 무서운 건데? 추락? 아니면 성공?' 그는 대답하지 않고 잠에 빠져든다. 그리고 꿈의 군주, 모르페우스를 만난다.

그 이야기는 서영에게 말을 걸어왔다. 아주 개인적으로, 친밀하게, 서영이 마주보고 싶지 않아 하는 마음의 깊은 부분을 건드리고 휘저어놓았다.

그 이야기 때문에 책의 다른 작품들도 읽게 되었다. 주인공인 '영원'의 여섯 구성원 가운데 서영은 '분열(Delirium)'이라는 캐릭터에 특히 매료되었다. 일종의 해리성 인격장애를 앓고 있는 듯 보이는 그 캐릭터는 언제나 무지갯빛 말풍선을 써서 말했고, 이랬다저랬다 두서없는 말들을 늘어놓았다. 그리고 자신이 방금 전에 한 이야기를 기억하지 못했다. 꿈에서 깨어나면 사람이지만, 꿈속에선 그런 자신을 기억하지 못하는 서영처럼.

서영이 '분열'이라면 소운은 '꿈'을 닮았다고 생각했다. 만화 속 모르페우스처럼 침울하고 슬픈 얼굴은 아니었지만, 소운에게는 꿈을 사용해 사람들의 마음을 움직이는 재능이 있었으니까. 그것도 아주 훌륭한 재능이.

서영은 그렇게 이야기하고 싶었다. 하지만 그 책은 이제 가방 속으로 들어갔고, 소운은 더 이상 그것에 대해 말하고 싶지 않아 보였다. 여기는 현실이었고, 현실의 소운은 몹시 차가운 얼굴을 하고 있었다.

그럼 이제 갈까요, 소운이 감정 없는 목소리로 말했다.

"응암역까지 같이 타고 갈까요?"

소운이 중얼거렸다. 서영은 소운의 옆얼굴을 보았다. 여전히 화를 내고 있는 것 같기도 하고, 예의상 하는 말 같기도 했다.

"아뇨, 괜찮아요."

"그래요. 그럼 지하철역까지만 같이 갈게요."

소운이 피로한 목소리로 말하며 앞서 걸었다. 지하철역으로 가는 짧은 길에는 공원이 하나 있어, 두 사람은 그곳을 통과했다. 소운은 하늘을 올려다보더니, 보름달이네요, 하고 혼잣말처럼 중얼거렸다. 서영은 그 자리에 섰다. 소운도 걸음을 멈췄다. 엄청나게 크고 노란 원형의 달이 그녀들 위에 군림하는 절대자처럼 내려다보고 있었다.

"오늘밤에 꿈을 꾸면, 늑대로 변하겠군요."

소운이 말했다. 마치, 오늘은 목요일이고, 내일은 금요일이군요, 처럼 심상한 말투였다.

"그 꿈을 꾸면 좋아하는 사람이 나온다고 했죠? 오늘밤에는 누굴까? 누군지 몰라도 저는 아니겠죠. 서영 씨는 저를 좋아하지 않으니까."

더 이상 가만히 있을 수 없어, 서영은 소운 씨, 하고 불렀다.

"네."

"할 말이 있는데요."

"네, 하세요."

서영은 잠시 망설이다가, 「라이칸 러브」 읽었어요, 하고 말했다. 그녀가 웃어주기를 바라면서.

소운은 웃었다. 하지만 놀라거나 동요하는 표정은 전혀 아니었다.

"그랬군요."

"네."

"그거, 서영 씨가 읽어주길 바라고 쓴 건데."

"그래요?"

"네. 그런데 이렇게 빨리 읽어줄 줄은 몰랐네요."

"사실은 그 잡지 편집부에 친구가 있어요. 그 친구가 보내줘서, 잡지가 나오자마자 봤어요."

출간된 월간지에는 '한서영'이라는 이름과 작품 제목이 지워져 있었다. 다희가 소운에게 연락해서, 아무리 어떤 뜻이 있더라도 이렇게 마지막에 실존인물의 이름이 들어가는 것은 이상하다고 의견을 낸 모양이었다. 그걸 알은척할 수는 없었으므로 서영은 가만히 있었다.

“그렇군요. 그 친구한테 제 얘기도 했나요? 몇 번 만나긴 했는데, 잡아먹고 싶을 만큼 좋아지지는 않는다고?”

“네?”

“아니, 아닙니다……. 그거 어땠어요? 엉망이죠?”

“아뇨, 재미…… 있었는데.”

“재미있었다?”

소운이 웃었다. 그거 픽션이에요, 하고 차갑게 중얼거리면서. 서영은 가만히 있었다. 소운은 다시 말했다. 그거, 픽션이에요. 소설이라고요. 허구, 가짜, 거짓말이라고요.

“언젠가 그걸 읽으면, 날 다시 찾아올 줄 알았어요. 그러면 나는 이렇게 말해주는 거죠. 그건 소설일 뿐이라고.”

“…….”

“나, 소설가잖아요. 허구를 만드는 사람이잖아요. 그래서 일을 했을 뿐이에요. 설마 그 얘기를 현실로 착각한 거예요? 왜 그래요, 소설이라는 게 뭔지도 모르는 사람처럼.”

소운은 계속 웃었다. 늘 농담을 하는 사람이라고 생각했는데, 이번만은 농담이 아닌 것 같았다. 서영은 뒤돌아 걷기 시작했다. 오던 길을 다시 되짚어갔다. 상황의 의미가 파악되고, 끝모를 수치심과 분노가 솟아오르기 시작한 건 한참을 걷고 난 다음이었다. 서영은 걸으면서 웃었다. 우스워 죽을 것 같았다. 이 상황 자체가 상당히 우습다는 것은 사실이었다. 그런데 알 수 없는 모멸감이 차올랐다.

이런 걸 가지고 뭘. 한서영, 정신 차려. 서영은 자신을 다독였다. 그런데 더 우스운 건 자꾸만 눈물이 새어 나오려 한다는 사실이었다.

상처 난 손가락에 감아놓고 잊어버린 채 수십 년이 지난 낡은 반창고가 갑자기 벗겨진 기분이었다.

어느 순간 그것이 떨어져 나가자, 그곳에는 자신의 것이라고는 믿기지 않는 흉한 피부가 너덜거리고 있었다. 전혀 낫지 않았을뿐더러, 오랜 시간 공기가 닿지 않아 더 심하게 변형되고 악취를 풍기는 살점이.

서영은 그 맨살을 보는 게 싫어서 언젠가부터 도망 다니며 살아왔다. 한 마음에서 다른 마음으로. 반창고가 벗겨질 것 같은 순간이 오기 전에 다른 사람을 만났다.

그렇게 매번 도망치는 자신이 싫어서, 글을 쓰며 가상의 슬픔을 만들어내고, 거기에 도취되었다. 실제로는 자라나지도 않았던 과잉된 감정으로 한 사람 한 사람을 아름답게 미화했다. 그러니까 서영은 그들을 온전히 사랑한 것이 아니라, 이별 한 뒤에 가슴 아파하고 후회하고 자책하는 자신의 능력을 사랑한 것이었다. 아무것도 아닌 관계는 아니었지만, 절대로 그런 식으로 비겁하게 빠져나갈 수는 없었지만, 그 일들은 서영이 진짜 사랑이라고 믿고 싶은 감정과는 거리가 멀었다. 너무 부끄러워서 인정할 수 없었지만, 사실이었다.

그렇게 쌓여온 시간들의 대가를 서영은 이제 치르고 있었다. 진짜 거절의 말은 아팠다. 그것이 다른 누구도 아닌 소운으로부터 온 것이었기에 더욱 그랬다.

언제 따라왔는지 소운이 앞을 막아섰다.

"미안해요."

서영은 그녀를 비켜 걸었다. 소운이 다시 막아섰다.

"미안해요. 내가 잘못했어요. 나도 서영 씨한테…… 상처를 입히고 싶었나 봐요. 지난번에 내가 너무 힘들었으니까. 유치하죠? ……다시는 그러지 않을게요."

"그랬구나. 서로 한 번씩 주고받았으니까, 그럼 이제 됐죠? 저, 갈게요."

서영이 말했다. 소운이 한숨을 내쉬며 그녀의 두 손을 잡아 쥐었다.

"오늘, 내내 쌀쌀하게 굴어서 미안해요. 진심이 아니었어요. 알잖아요."

"이거 놔요."

"제발, 용서해줘요."

"알았어요. 알았으니까 놓으라고요."

소운이 후, 숨을 내쉬며 손을 놓았다. 서영은 눈물을 닦고 다시 걷기 시작했다.

"서영 씨."

소운이 뒤에서 불렀다.

"가지 말아요. 나도 겁이 나요, 서영 씨처럼."

서영은 멈추고 싶지 않았다. 하지만 발이 저절로 멈춰버렸다.

"그렇게 거절당했는데도 마음을 접지 못하는 내가 무섭고, 이런 내가 한심해 보일까 봐, 자존심도 뺄도 없는 멍청이로 보일까 봐, 무서워요. 이렇게 혼란스러워하는 나를, 어떻게 해야 할지 몰라서, 두려워요. ……서영 씨가 나 때문에 상처받을까 봐 두렵고, 내가 어떻게 해도 상처를 안 받을까 봐 두려워요."

소운이 천천히 걸어와 서영의 앞에 섰다. 서영은 눈물이 날 것 같았다. 왜일까? 상처를 입히고 싶었다는 솔직한 말 때문에? 그런 말에 위로받는 나는 대체 어디가 어떻게 잘못된 사람일까? 이 사람은 왜 이렇게 공들여 설명하는 걸까? 보통 사람들은 그러지 않는데.

"처음엔 글이 좋았어요. 이런 글을 쓰는 사람을, 만나보고 싶었어요. 그냥, 말을 걸고, 목소리를 듣고, 곁에서 보고 싶었어요. 환상이 깨질까 두려웠지만, 궁금했어요."

소운이 고개를 숙인 채 말했다.

"그리고 그다음엔, 걷잡을 수 없게 돼버렸어요."

소운이 한숨을 뱉으며 고개를 들었다.

"너무…… 어려워요. 어색하고, 말도 안 되는 것 같고. 내가 절대로 쓸 수 없는 소설의 플롯을 보는 기분이에요. 나, 쓸 수 없는 걸 알면 안 쓰는데. 내가 할 수 있는 거랑 할 수 없는 걸 잘 아는데. 그런데도, 포기가 안 돼요. 쓰고 싶어서 괴로워요. 정말 이상한 꿈을 꾸는 것 같은데, 정신을 차려보면 현실이에요."

"하지만 나를…… 믿지 않잖아요."

서영은 겨우 입을 열었다. 그러고는 물었다.

"믿어요?"

"네."

소운이 대답했다.

"서영 씨는 정직한 사람이니까. 거짓말을 하는 걸 괴로워하니까. 글을 보면 알 수 있어요."

가슴이 아팠다. 자신이 그녀에게서 이런 말을 들을 자격이 있는 사람은 아니었으니까.

"난…… 모르겠어요. 늑대인간을 좋아하려면 어떻게 해야 하는지."

그녀가 말하고는 천천히 쓴웃음을 지었다. 믿지 않는 사람의 비웃음도 아니고, 농담에 반응하는 사람의 웃음도 아니었다.

"아는 것도 없고, 가진 것도 없어요. 정말 말도 안 되게 소설을 썼지만, 그 소설에서처럼 서영 씨를 비행기에 태워 어디로 데려갈 수도 없어요. 아직 여권도 없고, 비행기 표를 살 돈도 없어요. 미안해요, 이렇게 한심하고 능력 없는 사람이어서. 하지만 그게 내가 생각해낼 수 있는 최선이어서, 그렇게 웃기는 얘기를 썼어요. 소설 속에서라도, 그렇게 해주고 싶었어요."

서영은 기침을 했다. 「라이칸 러브」의 어이없던 문장들이 떠올랐다. 나라면 그렇게 시큰둥해하지는 않아요, 서영은 자신도 모르게 중얼거렸다.

"좋을 것 같은데요. 그런 걸 누가 싫어하겠어요? 그런 것에 관심 없어 하면서 가난한 예술가로서의 자신만을 좋아해주기를 바라는 거, 그렇게 비현실적인 여자를 바라는 건 남자들의 판타지 아니에요? 왜 그런 걸 모방하는 거예요?"

소운이 입을 딱 벌렸다. 급소를 가격당한 것 같은 표정이었다. 서영은 내가 너무 나갔나, 싶었지만 계속 말했다.

"MOMA는…… 가보고 싶어요. 단 한 번이라도. 텍사스에서 먹는 멕시코 음식도 좋고, 뉴올리언스 재즈도 좋아요. 그랜드캐니언이랑 모뉴먼트밸리는 별로지만요. 너무 크고, 다리 아프고, 먼지도 나고."

"그래요?"

"하지만 그런 여행을 할 돈이 있다면, 난 차라리 예산을 나한테 미리 주고 동선 짜는 것도 넘기라고 할 거예요. 나라면 먼지 나는 계곡 말고 라스베이거스 같은 데를 넣겠어요."

"라스베이거스요? 헉, 정말 의외다."

"왜요? 가서 전 재산을 털어 넣고 룰렛도 돌려보고, 블랙잭도 하고, 그러면 재미있을 것 같지 않아요? 평생 가난한 작가로 살면서 언제 그런 데 가서 그런 걸 해보겠어요."

"……제가 잘못 짚었네요."

"뭐, 우리는 서로 잘 모르니까요."

소운이 다시 웃음 지었다. 쓴웃음 짓기 세계 선수권 대회에 나가면 3위권 안에 들 사람이라고 서영은 생각했다. 이번에는 어느 때보다도 쓴, 명백하게 슬픈 웃음이었다. 이상하게도, 그 말을 하고 보니 서영 자신도 기분이 썩 유쾌하지만은 않았다. 하지만 사실이잖아. 그날 밤의 입맞춤은 무를 수가 없다. 그 일은 이미 일어났다. 그러나 그뿐이다. 이 사람은 내 문제를 모르고, 나 역시 이 사람이 살아온 과정을 알지 못한다. 그저 글을 통해 서로를 안다고, 현실의 어떤 일들을 거치지 않고도 내밀하고 상세하게 상대방을 알 수 있을 것 같다고, 착각할 뿐이다. 환상이고 미몽일 뿐이다. 여기서 멈출 수 있다면 멈췄으면 좋겠어, 서영은 생각했다. 아무리 생각해도 괴로움을 피할 수 없을 것은 분명해 보였다.

"서영 씨."

소운이 불렀다.

"아직도 무서워요? 늑대로 변할까 봐?"

서영은 그녀를 쳐다보았다. 나는 나라고 치자. 그런데, 달 밝은 밤 공원 한복판에 서서 진지한 어조로, 옷장 속에 괴물이 숨어 있다는 어린애의 하소연을 천천히 달래는 듯한 어조로, 이런 질문을 하고 있는 이 사람은 대체 누구인가?

거짓말이라면 좋겠다. 내가 어린애면 좋겠다. 차라리 무시 당했으면 좋겠다. 서영은 머리 위 보름달을 올려다보았다. 달은 거대하게 포화된 난황(卵黃)처럼 부풀어 있었다. 곧 쏟아져 세상을 질척거리는 노른자로 뒤덮을 것처럼.

그 꿈을 꾸고 싶지 않았다. 이 사람을 좋아하는 게 아니라면 좋을 텐데. 그러면 아무 일도 일어나지 않고, 두렵지도 않을 텐데.

"내가 도와줄게요."

*

"다시 한 번 물을게요. 싫은가요?"

서영은 더 이상 거짓말을 할 수 없었다. 고개를 저었다.

"24시간 카페라고 생각하세요. 아니면 시험 때 대학 도서관이나."

소윤이 문에 등을 기댄 채 말했다.

"생각해봤는데요. 답이 의외로 너무 간단해요. 너무 간단해서 왜 이제야 그 생각이 났는지 믿을 수 없을 정도예요. 꿈을 꾸는 게 문제라면, 잠을 자지 않으면 되잖아요?"

소운이 말했다. 서영은 머리를 얻어맞은 기분이었다.

"하룻밤 정도는 새워도 되죠? 같이 밤, 새워줄게요. 내일은 좀 피곤하겠지만."

그러네, 그렇구나, 서영은 나오려는 혼잣말을 삼켰다. 보름날 밤에 잠을 자지 않으면 된다는 생각을, 어떻게 지금까지 단 한 번도 하지 못할 수가 있었을까?

그러니까, 그 꿈을 피할 수 없다고 생각한 건 결국 자기합리화였던가? 왜 한 번도 좀 더 적극적으로 나를 보호하려 하지 않았나? 저주라고 여기면서도 사실은 그 안에 영원히 머무르고 싶었던가? 이번에는 서영이 쓴웃음을 지을 차례였다.

"안심해요. 원하지 않는 일은 하지 않을 테니까. 약속할게요. 가고 싶으면 언제든 가요. 하지만 부탁인데, 화를 내면서 뿌리치고 도망치지는 말아요. 그건, 내가, 정말 못 견디겠으니까……. 그러려면 지금 가요. 억지로 잡아두고 싶은 생각은 없으니까."

기쁜 것도 화난 것도 아닌 얼굴로, 소운이 말을 이었다. 자존심 때문에 화를 내고 있을 때는 단단하게 굳어 있던 그녀의 어깨선이 부드럽게 풀려 있었고, 그녀의 목소리에도 자연스러움이, 좋아하는 것들을 얘기할 때의 어떤 고요한 식물성 같은 것이 돌아와 있었다. 서영은 그녀의 눈동자를 들여다보았다. 투명하고 평온했다. 이 사람을 믿어? 서영은 자신에게 물었다. 자신의 목소리가 되물었다. 너는, 너를 믿니?

그런 질문에 대답하는 건 불가능했다. 지금 이 마음을 하나로 정의하는 일은 할 수 없었다. 한심한 여자라 해도 어쩔 수 없었다. 너는 네가 무엇을 원하는지 모르냐고, 왜 모르냐고, 누군가 묻는대도 소용없었다. 서영은 도망치고 싶었고, 그녀와 함께 있고 싶었다. 신호를 지키고 싶었고, 동시에 빨간 불을 무시하고 무단횡단을 하고 싶었다. 변함없이 죄책감에 시달리고 있었지만 이번만은 다를 거라는 기대도 있었다. 지난번보다 조금이라도 나은 사람이 되고 싶다는 기대, 그것을 어떻게 버리나? 사람으로서 그것을 버릴 수 있나? 서영은 다만 이렇게 거대하고 불가해한 힘 앞에 어쩔 줄 모르고 서 있는 자신들에게 약간의 자비가 베풀어져, 기적이 일어나고, 아무도 상처받지 않을 수 있으면 좋겠다고, 더없이 비합리적인 방식으로 기원할 수 있을 뿐이었다. 서영은 고개를 끄덕였다. 문이 열렸다.

소운의 방은 서영의 방보다 아주 조금 컸다. 책상이 있고, 조그만 침대가 있고, 그 옆에는 옷들이 걸린 행거가, 주방 겸 식당으로 쓰는 공간에는 동그란 테이블이 하나 있었다. 그리고 나머지 공간은 책들로 가득했다. 상당히 깔끔하다고 생각했는데, 소운은 들어가자마자 당황한 얼굴로 분주하게 움직이며 방을 치우기 시작했다.

"미안해요. 손님이 올 거라고는 생각 못 해서. 지저분하죠?"

손님. 그 말을 듣자 기분이 차분하게 가라앉았다. 그래, 손님이 되면 되는 것이다. 예의를 지키고, 아무것도 망가뜨리지 않고, 내가 망가지지도 않고, 그렇게 시간을 보내면 된다. 서영은 조심스럽게 안으로 들어섰다.

소운이 전기포트에 뜨거운 물을 끓이더니 원두커피를 내려 내왔다. 작은 접시에 담은 쿠키와 함께. 정말로 예의 바르게 손님을 대접하는 분위기였다.

"커피, 좋아해요?"

"하루에 큰 컵으로 석 잔은 마시죠."

"다행이다. 특별히 진하게 내렸어요."

서영은 커피를 한 모금 마셨다. 주위로 눈길을 돌리자, 책상 위에 놓인 조그만 보라색 화분이 눈에 띄었다.

"저건 뭐예요?"

"투구꽃이에요."

순간 입 속의 커피를 내뿜을 뻔했다.

"인터넷으로 주문했어요. 없을 줄 알았는데, 팔더군요. 한방에서는 초오(草烏)라고 한대요. 사흘 전에 심었는데, 아직 싹이 안 났어요. 내가 뭘 잘못했나?"

"……."

"사실, 싹이 나도 그다음에는 어떻게 해야 할지, 그것도 모르겠고……. 여기저기 씌어 있는 게 다 다르더라고요. 꽃잎을 먹는 거라고도 하고, 덩이줄기를 달이는 거라고도 하고. 모르면서 그냥 사서 심었어요. 웃기죠?"

그러고 보니 화분 옆에는 때아닌 『해리 포터』 시리즈가 잔뜩 쌓여 있었다.

"조앤 K.롤링 같은 양반도 참 무책임한 게, 투구꽃으로 만든 마법약이라고만 해놓고, 자세한 레시피는 말을 안 해준단 말이죠. 저거, 잘못 먹으면 죽는대요. 옛날에는 사약에 쓰였다고도 하고."

소운이 서영의 얼굴을 보더니 당황해하며 말을 이었다.

"걱정 말아요. 먹이지 않을 테니까. 나는 마법사도 아니고, 독성을 조절하는 법도 모르니까, 그만둬야겠어요. ……왜 웃어요?"

초오, 울프스베인, 바곳, 투구꽃. 다 같은 식물을 가리키는 말이었다. 그러니까, 늑대인간에게 달여 먹이면 늑대로 변했을 때 약간의 이성을 되찾을 수 있게 도와준다는 그 식물. 서영도 그런 게 있다는 건 알고 있었다. 하지만 소운이, 눈앞의 이 사람이, 심각한 얼굴로 인터넷에서 그 꽃씨를 주문하고, 흙을 퍼다가 화분에 채우고, 토닥이고, 물을 주는 광경을 하나하나 그려보자 웃음을 멈출 수가 없었다.

"사실은, 케이지를 살까 생각도 했어요."

뭐라고?

"늑대인간이니까, 그렇다고 하니까…… 가두면 되지 않을까, 그렇게 단순하게 생각한 거죠. 서영 씨가 들어갈 만한 크기는 한 60만 원쯤 하더라고요. 그런데 이걸 어디다 놓나? 내 방도 너무 좁고, 서영 씨 방도 그만한 공간은 안 될 테고……. 어디 숨겨놓을 데가 없을까? 이 건물 옥상? 저 앞에 중학교 운동장? 뭐 그렇게 생각하다가, 결제 직전에 정신을 차렸어요."

『하줄라프』다. 오직 자기 눈에만 보이는 용을 키울 공간을 찾아 헤매는 네 어머니.

"너무 제정신이 아니라서, 서영 씨 꿈속에서 일어나는 일이라는 걸, 생각 못 한 거죠."

소운은 말해놓고 자신도 어이없다는 듯 웃었다. 서영은 대답할 말을 찾다가 포기하고 커피를 마시며 방 안을 둘러보았다.

자신도 글을 쓰는 사람이었지만 서영은 다른 작가들이 작업하는 방에 약간의 환상을 갖고 있었다. 그렇듯 멋진 작품을 쓰는 작가들이 자신처럼 평범한 보급형 원룸에서, 눈에 띄는 것은 아무것도 없이 먼지 날리는 좁은 방에서 일한다고 믿고 싶지는 않았던 것이다. 무언가 이국적인 물건이라든지, 창작에 영감을 줄 만한 특별한 상징물 같은 것이 하나둘쯤 있지 않을까 하는 기대가 있었다. 하지만 대학생의 자취방과 크게 다르지 않아 보이는 소운의 방은 소박했고, 거기서 가장 특별한 물건은 투구꽃 꽃씨가 심어진 조그만 화분이었다. 이런 내가 한 이야기를 듣고 저런 물건을 사고, 이런 나 때문에 쉽게 얻을 수도 없는 지면에 그렇게 바보스러운 소설을 발표한다. 앞길이 창창한 이 신인작가의 세계에 자신이 벌써 어떤 영향을 미쳐버렸다는 사실을 서영은 어떻게 판단해야 할지 알 수 없었다.

공과 사를 혼동하는 사람인가? 아니, 공과 사의 구별 따위는 아무렇지 않다는 건가? 공적인 세계에서 무슨 일이 일어나도, 한두 번쯤 작업을 망쳐버려도, 자신의 사적 영역엔 쌓아둔 게 더 많아서 흔들리지 않는다는 견고한 자신감의 표현인가?

"집에, 너무 아무것도 없죠?"

방 안을 훑는 서영의 시선을 느낀 듯 소운이 머쓱하게 입을 열었다.

"혼자 산 지 얼마 안 돼서, 사실 뭐가 있어야 할지 잘 모르겠어요. 자극이 없고 조용한 건 좋은데, 가끔은 너무 적막하다는 생각도 들고."

"부모님이랑 살 때는 좋았어요?"

"어휴, 아뇨. 매일 전쟁이었죠. 여동생까지 네 명이, 아주 그냥. 아버지는 무시하고, 어머니는 갈구고, 동생은 내 편을 들어주는 척하면서 은근히 더 갈구고. 동생이 외국계 회사에 다니는데 연봉이 상당히 높거든요. 가족 모두가 전부터 나한테 쌓인 게 있었는데, 내가 연구소 그만둔 뒤로는 봇물 터지듯 아주 그냥. 시혜적 시선이라는 게 뭔지 그때 피부로 체감했잖아요. 같은 인간으로 취급 안 하는 거요. 특히 밥 먹는 시간이 고역이었어요. 내가 아무리 떳떳해도, 너는 지금 밥을 먹을 자격이 별로 없거든, 하는 시선이 계속되면 아무렇지 않을 수는 없거든요. 부모님은 내가 박사과정까지 하고 연구원으로 계속 일하든지 아니면 외국으로 나가기를 바라셨어요. 내가 레즈라고 말했을 땐, 정말 아무 일도 없다시피 했거든요. 아버지는 그냥,

네 일은 네가 알아서 잘하겠지, 하셨고, 엄마는 말해줘서 고맙다고 했어요. 동생은, 그때는, 선물까지 줬다니까요. 환대의 뜻이라면서. 그런데 내가 진로를 바꿔서 소설을 쓴다니까, 반응이 백팔십 도 다른 거예요. 참 나."

그러고 보니 소운은 행정학 연구원이라는, 서영에게는 다소 재미없게 들리는 직함을 갖고 있다가 그 일을 그만두었다. 인터뷰에서 읽은 기억이 났다. 그때 그녀는, 그 직업이 따분하지는 않았다고, 세상을 움직이고 돌리는 건 대체로 지루하고 재미없는 일들인데 자신은 그런 일들에 내성이 강한 것 같다고 했었다. 하지만 그런 일을 하다 보니 속에 이야기가 쌓이는 건 어쩔 수 없었다고, 그래서 써달라고 비명을 질러대는 이야기들을 풀어주기 위해 할 수 없이 일을 그만두었다고.

문득 그녀가 부럽다는 생각이 들었다. 포비아가 아닌 가족, 네 식구가 둘러앉아 서로에게 과도한 간섭을 하면서 밥을 먹는 풍경, 핏줄이라는 지긋지긋한 공동체에 함께 복무하면서 나눠 갖는, 때로 끔찍할 정도로 질척대지만 사라지면 허전한 동료애. 견딜 수 있을 만큼만 지루한 전문분야라는 재산. 그리고 거기서 만들어지는 이야기들.

"서영 씨네 집은 어땠어요? 소설 쓰는 거, 부모님이 반대하시지 않았어요?"

"아뇨…… 그렇지는 않았어요."

"그렇군요."

대화가 어색하게 끊겼다. 서영은 그녀가 동생으로부터 시혜적 시선을 받는 광경을 그려보고 있었다. 그런 동생이 있다는 건 어떤 일일까?

"갈아입을 편한 옷 줄까요?"

"네? 아, 아뇨."

"아니, 오해하진 말아요. 그냥, 불편해 보여서요."

"괜찮아요."

"음…… 혹시 대학 때 엠티나 오티 같은 것 가도 그러지 않았어요? 다들 편한 추리닝으로 갈아입고 노는데 혼자서 끝까지 안 갈아입고."

"그러지는 않았는데요."

거짓말은 아니었다. 엠티도 오티도 가본 적이 없다고는 차마 말할 수가 없었지만. 입학하자마자 있었던 오티는 지독한 독감에 걸려 갈 수가 없었다. 엠티는 장소와 시간을 몰라 갈 수가 없었다. 서영은 과방 같은 데엔 아예 들어가본 적이 없었다. 문이 열렸어도 거기에는 서영에게만 보이는 유리벽 같은 게 한 겹 더 둘러쳐져 있는 느낌이었다.

알겠어요, 그게 편하면, 소운은 중얼거렸다. 그러더니 사건이 없네, 하고 혼잣말처럼 덧붙였다.

"네?"

"인물과 배경은 있는데, 사건이 없다고요. 사건이 없는 소설, 좋아해요?"

"아, 요즘 나오는 한국 소설들 말인가요?"

"그것도 그렇고…… 알랭 로브그리예가 한참 전에 먼저 썼죠. 『질투』에서."

서영은 그것 역시 읽은 적이 있었다. 누보로망 계열에 속한다는 그 소설은 자신의 아내가 불륜에 빠지지 않았나 의심하는 한 남자의 이야기인데, 화자인 남자는 처음부터 끝까지 아무런 적극적인 행동도 하지 않는다. 집요한 시선으로 자신의 집 안에 있는 사물들, 책상 위에 놓인 책, 그 책에 드리워진 그림자, 책 위에 놓인 컵의 손잡이, 컵의 바닥면 지름, 바닥면과 책이 맞닿은 면적이 바닥 전체 면적의 몇 퍼센트인지…… 따위를 하염없이 묘사할 뿐이다. 그야말로 숨이 턱턱 막힐 정도의 그런 지루한 묘사는, 자신의 아내와 그녀의 불륜 상대로 의심되는 이웃 남자의 행동을 따라가는 화자의 시선에서도 마찬가지다. 그는 질투와 의심과 강박에 사로잡혀 바라볼 뿐, 움직이지 못한다. 문학적으로는 탁월하다고들 하지만 서영이 읽기에는 너무 힘들고 지겨운 이야기였다.

"나는 구식인 사람이라서, 그런 소설은 별로예요. 스토리가 가장 중요해요. 어떻게든 사건을 일으키지 않으면 답답해서 견디기가 힘들다고요. 그런데 일으킬 수가 없으니."

소운이 한숨을 쉬며 웃었다. 아주 잠깐, 서영은 가슴이 내려앉는 것 같았다.

"서영 씨가, 그것도 우리 집에 있는데. 이렇게 엄청난 인물과 엄청난 배경이 있는데, 아무 사건도 일으킬 수가 없다니. 내가 일으킬 수 있는 사건이란 게, 또 다른 어떤 사건이 일어나지 않게 막는 것뿐이라니."

얼굴이 달아올랐다.

"미안해요. 불쾌하셨나요?"

소운이 장난스럽게 혀를 내밀어 보였다. 헛, 이렇게 귀여운 척도 할 줄 아는 사람이었나? 서영은 놀랐다. 놀라서 조금 전에 느꼈던 가슴이 내려앉는 기분을 잊어버리고 말았다.

서영이 싸늘한 표정으로 바라보고 있자 소운은 뾰쭘한 표정으로 잠시 침묵했다가 다시 말했다.

"자기 얘기를 정말 안 하네요. 물어봐도 잘 대답해주지도 않고."

"……미안해요."

"괜찮아요."

소운이 웃었다. 또 그 웃음이다. 당신을 이해할 수 없지만 이해하고 싶다는 웃음. 그것을 이제 분명히 느낄 수 있었다. 그녀는 서영을 어떻게든 이해하려고 애쓰고 있었다. 그 마음이 버거워서 서영은 자리에서 일어났다.

욕실로 들어가 문을 잠갔다. 세면대에 비친 얼굴은 낯설었다. 소운의 방 창문으로는 달이 보이지 않았는데, 달빛에 밀려 욕실까지 도망친 기분이었다. 뭘 하고 있는 것일까, 이 사람의 집에서. 소운이 쓰는 칫솔과 치약, 클렌징 폼, 닳아서 종잇장처럼 얇아진 비누 같은 것을 들여다보다가 서영은 깊은 숨을 내쉬었다.

나와보니 소운은 테이블 위에 노트북을 옮겨놓고 앉아 있었다.

"커피는 저쪽에 있어요. 많이 내려놓았으니까 필요하면 마셔요. 하지만…… 몸이 불편할 정도로 마시지는 말아요. 걱정되니까. 욕실에 여분 칫솔 있으니까 쓰려면 쓰고요."

"……네, 고마워요."

소운이 음악을 틀었다. 서영이 모르는 일렉트로니카 연주곡이었다. 서영은 그녀 앞에 앉기가 왠지 어색해서 책장 쪽으로 갔다. 한 권 한 권의 책등을 천천히 들여다보았다. 소운이 말했던 책들, 말하지 않았던 책들, 서영이 아직 읽어보지 않은 책들이 가득했다. 책이라는 사물이 있어서 얼마나 다행인가. 작든 크든 서재는 무제한으로 시간을 보낼 수 있게 해주는 공간이니까. 타인의 책장 앞을 거닐 때 드는 이런 기분을 누구보다 잘 알고 있을 소운의 시선이 등에 와닿는 게 느껴졌다. 몇 권을 꺼내 펴보고, 다시 덮어 제자리에 꽂았다. 문장들은 눈에 들어오지 않았다. 그 일을 몇 번 반복하자 자신이 배우처럼 느껴졌다. 이것이 연기라면, 조금 더 즐길 수 있다면 좋을 텐데. 누군가가 나를 바라본다는 사실을 두려움 없이 받아들일 수 있으면 좋을 텐데. 서영은 노력했지만 잘되지 않았다.

등 뒤에서, 음악은 계속 바뀌었다. 소운의 취향은 서영의 취향과 비슷한 듯하면서도 미세하게 달랐다. 조금 더 차분하고, 조용하고, 소녀 감성인 곡들이었다. 노래 사이에 서영이 아는 곡이 딱 하나 섞여 있었다. D'sound의 〈If You Get Scared〉.

비트에 맞춰 가슴이 뛰기 시작했다. 조그맣게 치는 천둥이라는 게 있다면, 꼭 그런 천둥을 닮았을 기타 리프. 비를 품은 조그만 구름이 달을 가리고, 곧 장대비를 쏟아낼 것처럼 쿵쿵거리는 것 같았다. 이렇게 옛날 노래를 어떻게 알고 있을까? 서영은 조금 놀랐다. 일부러 귀담아들으려 한 것이 아닌데, 가사가 귀를 파고들었다. '그 유령이 또 찾아와 침실 문을 두드리나요? 동네를 다 뒤져봐도 친구가 될 만한 사람이 없나요? 잠들어야 할 시간에 깨어 있나요? 이 밤, 내내 깨어 있을 생각인가요?' '당신이 얼마나 근사한지, 당신이 알았으면 좋겠어요. 당신이 아주 멀리 갈 수 있는 사람이라는 걸.'

서영은 웃고 싶었다. 보컬 시모네의 목소리가 너무 달콤해서. 무서워하지 않아도 된다는 가사로 된 이 곡을 지금 틀어준 소운의 마음이 너무 정직해서. 그리고 고마워서. 눈물이 날 것 같았다. 이런 마음은 쉽게 받을 수 있는 것이 아니었다. 돌아보고 싶었다. 고맙다고 말하고 싶었다. 여기 이 책들과, 당신이 틀어주는 음악, 그냥 그 속에 있고 싶다. 아무런 대화도, 사건도 없어도 된다면. 하지만 돌아보지 못했다. 왜일까. 왜일까.

그 이유를 궁금해하는 사이 곡이 바뀌었다. 서영은 아쉬워하며 다른 책등을 훑어보았다. 그러다 발견했다.

『스틸 라이프』가 있었다. 열두 권 모두. 서영의 방에 있는 것과 똑같은 열두 개의 유골함이 차례대로 정리되어 있었다.

그것을 보는 순간 반사적으로 시선을 돌렸다. 하지만 몸을 움직일 수는 없었다. 시선을 피하고 눈을 감아 외면해도 여기 이것들이 있다는 사실은 달라지지 않는다. 이 사람은 이것들을 읽었다. 그리고 아마 앞으로도, 이것들은 계속 여기 있을 것이다. 왜 그래야 할까. 왜 그러지 않으면 안 될까. 내 방에 있는 것들이 이 사람 방에는 없었으면 좋겠다. 그 생각 때문에 온몸이 마비되는 것 같았다.

얼마나 시간이 지났을까. 음악의 결이 달라져 서영은 간신히 몸을 돌릴 수 있었다. 소운이 보이지 않았다. 숨을 들이마시고 다시 보니, 그녀는 노트북의 음악을 틀어둔 채 테이블에 엎드려 잠들어 있었다.

뭐야, 같이 밤새워준다면서.

아닌 게 아니라 소운에게는 피곤한 날이었으리라는 생각이 들었다. 편집회의가 있었고, 인터뷰를 진행했고, 서영과 싸웠고, 적잖이 감정 소모를 하다가 함께 집으로 돌아왔으니까. 그 뒤에도 내내 긴장하고 있었을 테니까. 그러고 보니 자신도 피로했다. 잠이 밀려오고 있었다. 그러면 안 되는데.

서영은 천천히 테이블로 다가갔다. 소운 씨, 작은 목소리로 불러봤지만 그녀는 일어나지 않았다. 귀엽다는 생각은 잠깐이었다. 불안이 머리를 짓누르기 시작했다. 깨우고 싶지는 않지만 일어나주면 안 될까요, 서영은 생각했다. 전기포트를 재가열해 식은 커피를 데우고, 그것을 잔에 채워 돌아왔다. 소운의 책상에 놓인 작은 화분이 서영을 물끄러미 보고 있었다. 너는 왜 싹이 나지 않니, 서영은 묻고 싶었다. 미안해, 투구꽃 꽃씨가 흙 속에서 속삭였다.

*

꿈은 짧았고, 서영의 예상과는 달랐다. 깨어나는 순간 비명을 지르게 될 거라고, 서영은 꿈속에서 생각했다. 그것 또한 예상과는 달랐다. 꿈이 끝난 뒤에도 길고 얕고 이상할 만치 평온한 무의식이 하염없이 이어졌다. 그러다 눈이 떠졌다.

서영은 아무 말도 할 수 없었다. 결국 잠들어버렸구나, 그 생각 때문만은 아니었다. 새벽 세 시까지 버티다가 더 이상 버틸 수가 없어서, 소운의 침대로 들어가며, 아, 모르겠어, 생각해버린 게 떠올랐지만, 그 생각 때문만도 아니었다.

소운이 곁에 누워 있었다. 누운 채 서영을 보고 있었다. 아,

서영은 생각했다. 그리고 더 이상 아무 생각도 나지 않았다. 그녀의 얼굴이 아주 가까이에 있었다. 짙은 눈썹이 있고, 가느다란 외꺼풀 아래 눈동자가 서영의 얼굴을 가만히 들여다보고 있었다. 마른 얼굴이었다. 광대뼈가 도드라져 보였다. 베고 있는 하얀 베개 때문에 얼굴 한쪽이 다소 익살스러운 모양으로 눌려 있었다. 어, 일어났다, 그렇게 말하고 소운은 웃었다. 그 웃음을 보자 마지막으로 남아 있던 생각들이 모두 구석으로 밀려나 머리가 텅 비어버렸다.

"미안해요. 그렇게 큰소리를 쳐놓고는 먼저 자버려서."

소운은 엷은 회색 반팔 티셔츠를 입고 있었다. 서영 자신은 지난밤 입고 있던 옷 그대로였다. 얇고 하얀 여름 이불이 몸 위에 덮여 있었다. 그리고 그녀의 손이 서영의 손을 잡고 있었다. 손이 너무 따스해서 현실감이 없었다.

창문에 내려진 블라인드 밑으로 햇빛이 스며들고 있었다. 아침이었다. 밤은 끝났다.

"자다가 깨어났는데, 서영 씨가 자고 있어서, 걱정이 돼서…… 어떻게 해야 하나, 깨워야 하나, 말아야 하나, 오만 가지 생각을 다 했어요."

소운이 천천히 말하고는, 아무 말 없이 서영의 얼굴을 보았다. 창밖의 햇빛은 제법 강렬해 보였다. 몇 시? 서영은 물으려다 그만두었다. 이렇게 가까이서 보면 내 얼굴, 끔찍할 텐데. 그런 생각이 잠시 스쳤지만, 일어나고 싶지는 않았다. 그냥, 그녀의 눈을 마주보고 있었다. 두려운 것도 마음이 편한 것도 아니고, 다만 그 눈에서 눈을 뗄 수가 없었다.

소운은 기다렸다. 충분히 시간이 지날 때까지, 서영이 안정을 찾을 때까지, 침묵을 지키며 기다렸다. 마침내 그녀가 물었다.

“잘 잤어요?”

네, 그런 것 같아요, 서영이 대답했다.

“꿈을 꿨어요?”

“네.”

“그렇구나. 내가…… 나왔어요?”

“……네.”

“음, 다행이네요. 다른 사람이 아니라서.”

그녀가 웃었다. 웃었지만, 목소리에서 긴장이 느껴졌다.

“그래서 어떻게 되었나요? 늑대로 변해서…… 나를 잡아먹었어요?”

“아뇨.”

"잡아먹지 않은 거예요?"

"……네."

거봐요, 그녀가 속삭였다.

"그럴 줄 알았어요. 서영 씨, 사람이잖아요…… 내가, 좋아하는, 사람."

소운이 눈을 감았다. 긴 속눈썹이 가지런히 내려앉았다. 눈을 감은 채, 그녀가 숨을 내쉬었다. 입가에는 미소가 걸려 있었지만, 눈꺼풀이 아주 조금 떨렸다. 잠깐 동안 그러고 있다가, 그녀가 눈을 떴다.

"그럼 다음 질문을 해야겠네요."

커다란 갈색 눈. 사람의 눈동자. 그 눈동자가 몸속 깊은 곳을 들여다보고 있었다. 서영은 피하고 싶었지만, 그럴 수 없었다.

"서영 씨, 나랑…… 헤어지고 싶어요?"

이제 그만 만날까요? 여기서…… 그만둘까요? 그러고 싶어요? 그녀가 갈라지는 목소리로 물음표들을 덧붙였다. 입술을 빠져나온 처음의 질문이 너무 겁나서, 다른 말들을 더해 붙이지 않으면 안 되는 것처럼.

"……아뇨."

소운은 잠시 동안 가만히 있었다. 눈앞의 모든 것을 잊은 사람처럼.

"그럼…… 나랑 같이 있고 싶어요?"

서영은 더 이상 버틸 수가 없었다. 눈물이 쏟아질 것 같았다. 생각을, 더 이상 생각이라는 것을 하고 싶지 않았다.

"네."

시간이 멈춘 것 같았다. 소운은 그대로 서영을 보고 있었다. 눈에도, 입술에도, 움직임이 없었다. 그러다 입술이 조금씩 움직였고, 거기에 천천히 미소가 깃들었다. 소운은 조금 더 기다렸다. 서영이 대답을 번복하지 않는다는 걸 확인하고, 방금 일어난 일이 확실하게 일어났다는 사실을 자신에게 납득시키는 것처럼. 그리고 서영이 더 이상 기다릴 수 없을 정도가 되었을 때, 소운이 깍지 낀 손에 힘을 주어 서영을 끌어당겼다. 우정의 징표처럼, 평온하고 고요한 호의의 표현처럼 내내 맞잡고 있던 손이 풀리고, 다른 두 손이 서영의 두 뺨을 감쌌다. 소운의 입술이 서영의 입술을 찾았고, 발견했고, 놀랍게도 그 앞 허공에서 잠시 멎었다. 서영 씨, 그녀가 눈을 감은 채 속삭였다. 내가 얼마나 견디기 힘들었는지, 알아요? 어젯밤에. 그리고 그전부터…… 처음 본 순간부터 이러고 싶었어요. 이렇게 될 줄, 나는 알고 있었어요, 처음 본 날부터.

그것이 마지막이었다. 그녀의 말은 끝났고, 서영은 눈을 감았다. 물이 말라버린 사막의 모래처럼, 언어가 바닥나버린 입술이 입술에 닿았고, 간절하게 생명을 갈구하기 시작했다.

두 팔이 내려와 서영을 안았다. 소운의 몸에서 식물성이 빠져나가는 게 느껴졌다. 그녀는 더 이상 나무처럼 평화롭지도, 풀처럼 인내심이 많지도 않았다. 베개처럼 폭신하고 무해하지도, 조그만 보랏빛 화분처럼 귀엽지도, 그녀가 편지에 쓴 말투처럼 어리지도 않았다. 그녀는 사랑을 갈망하는 성숙한 여자였고, 그녀의 단단한 몸이 만드는 선들과 움직임은 그 확신을 망설임 없이 드러내고 있었다. 그녀는 서영을 자신의 영토로 초대했고, 손을 잡아 이끌었다. 다른 어떤 존재가 아닌 인간 여자로서의 서영을. 서영이 내쉰 한숨이 소운의 쇄골에 닿아 흩어졌다.

그 순간 서영은 깨달았다. 어떤 일들은 그냥 일어난다는 것을. 아무리 일어나지 않게 막으려 해도 일어난다는 것을. 서영은 지금껏 그녀를 좋아하는 이유를, 그리고 좋아하지 않아야 할 이유를 하나하나 따져보려 애썼다. 지금 눈앞에서 벌어지고 있는 이 일은 그것들 중 어느 것과도 관계없었다.

그녀는 서영의 떨리는 몸을 붙잡아 진정시키고는, 책처럼 천천히 펼쳤다. 표지가 서걱거렸고, 늑대가 그려진 띠지가 벗겨져 땅으로 떨어졌다. 소운은 서영의 목차를, 소제목을 읽었다. 페이지를 넘기고, 본문을 읽기 시작했다. 한 줄 한 줄 문장을 따라가듯 읽다가, 참지 못하겠다는 듯 속도를 냈고, 그러다 그런 자신을 자책하기라도 하듯 숨을 내쉬며 오랫동안 한 단어를 음미하기도 했다. 문장과 문장 사이에서 여백을 발견하면 호기심을 내며 바라보다가, 이내 입술을 가져다 대고는, 거기에 자신의 문장을 깊고 진한 필체로 눌러 새겼다. 사랑해. 서영은 천천히 숨을 쉬었다. 서영 역시 처음부터 알고 있었다. 이렇게 되리라는 걸. 그래서 그 말을 돌려주었다. 한 번 더 말해줘요. 소운이 눈을 감은 채 기도하듯 말했다. 서영은 그렇게 했다. 그것이 악령을 쫓는 주문인 것처럼. 아이가 태어나 처음 듣는 자신의 이름인 것처럼.

샤워를 하고 나와보니 소운이 카레를 만들고 있었다. 감자를 썰다가, 국자로 카레 냄비를 휘젓다가, 소운은 몇 번이나 서영에게 다가와 입을 맞췄다. 아직 안 갔죠? 거기 그대로 있어요, 속삭이는 것처럼. 요리 좋아해요? 서영이 고개를 흔들자 그녀는 어린애처럼 신이 난 목소리로 말했다. 나는 좋아해요.

내가 맛있는 거 많이 만들어줄게요.

두 사람은 카레를 같이 먹었다. 달콤하고 매콤하고 따스한 이국의 향 속에서, 세상에서 가장 행복한 사람처럼, 몇 달치 나무를 한꺼번에 하고 와 허기가 진 나무꾼처럼, 건강한 식욕을 내보이며 허겁지겁 밥을 떠 넣고 있는 소운의 얼굴을, 서영은 작은 놀라움으로 바라보았다. 시시각각 모습이 달라지는 여자였다. 어른이었다가 금세 아이가 되고, 다시 언제 그랬느냐는 듯 서영보다 몇 살은 더 나이를 먹은 사람의 얼굴로 변해 서영을 바라보았다. 글로만 상상하던, 집요하고 강하고 한 치도 물러섬이 없을 것 같은 사람의 이미지는 다만 하나의 얼굴에 지나지 않았다. 그녀를 이루는 선들이 계속 변하는 것 같았다. 둥글다가, 날카로워지고, 거칠어졌다가, 매끄럽게 흘러갔고, 다시 투박해졌다가, 선명해졌다.

"왜요?"

"……아니, 그냥, 잘 믿어지지가 않아서요."

"뭐가요?"

"아니에요."

소운이 웃었다.

"나도 글을 쓰다가 내가 쓴 게 잘 믿어지지 않을 때가 있어요. 뭔가 잘못되지 않았나 싶고."

"별로 그러지 않을 것 같은데요."

"그럴 때, 있는데. 이렇게 천재적인 문장들을 내가 썼다니!"

서영은 어이가 없어 웃어버렸다. 소운이 접시를 다 비우고 물었다. 다 먹었어요? 서영이 고개를 끄덕이자 소운은 짓궂은 표정을 지으며 말했다.

"그럼, 우리 또 사건을 일으켜요."

그들은 한 번 더 사건을 일으켰다. 사건이 일어나고, 일어나고, 다시 다른 사건이 일어났다. 소운은 사건들로 방을 가득 채울 생각인 모양이었다. 배경이 산산조각나 사라지고, 인물마저 그렇게 되어버릴 것 같아서 서영은 눈을 감았다. 하지만 눈을 떠보면 여전히 그녀가 거기 있었다. 그리움이 가득한 눈으로 서영을 마주보고 있었다.

두 사람은 그날 해가 떨어질 때까지 함께 있었다. 오늘은 내가 여기서 자고 가면 안 돼요? 소운은 피로를 모르는 아이처럼 물었고, 서영은 웃으며 고개를 저었다. 다음에요. 소운은 아쉬운 표정으로 돌아섰다.

하지만 등 뒤로 문이 닫히고, 불 켜진 자신의 방 풍경이 눈에 들어왔을 때, 서영은 하루 종일 잊고 있던 그 꿈이 떠올랐다.

카페처럼 생긴 자연사박물관이었다. 테이블과 의자들이 배치된 모양새는 여느 카페와 똑같았는데, 테이블마다 커다란 유리 진열장이 하나씩 놓여 있었고, 거기에는 박제된 동물들이 들어 있었다.

서영은 소운과 함께 있었다. 두 사람은 목이 말라 카페를 찾아 계단을 올라갔다. 하지만 문을 열자 거기에는 전혀 다른 공간이 펼쳐져 있었다. 이상한 점은 소운도 서영도 그 사실에 대해 어떤 불만도 느끼지 않았다는 것이었다. 그녀들은 마치 정해진 운명처럼 유리 진열장들 쪽으로 발걸음을 옮겼다.

박물관은 넓었다. 관람객은 그녀들 둘 말고는 아무도 없었다. 서영은 아무것도 느끼지 못하는 상태로 소운의 손을 잡고 걸었다. 올빼미가 있었고, 여우가 있었다. 두루미와 앵무새도 있었다. 그리고 한구석에, 그 짐승이 있었다.

짐승은 추했다. 달 같은 누런 눈을 크게 뜨고 있었다.

잡고 있던 그녀의 손이 풀렸다.

안 돼, 서영은 잠깐 생각했다. 하지만 안 된다는 걸 알고 시작한 것 아니었나? 진열장 안으로 옮겨져 흉하게 구부러지기 시작하는 자신의 몸을 보며, 손가락 끝에서 우두둑 떨어져 내리는 인간의 손톱과 그 자리에 솟아나오는 둥글게 휘어진 짐승의 발톱을 보며, 서영은 비명을 질렀다. 유리가 깨지고, 서영은 밖으로 뛰어나갔다.

소운은 놀란 얼굴로 그 자리에 가만히 서 있었다. 도망칠 생각이 없는 듯 어떤 몸짓도 취하지 않았다. 그 사실이 서영을 화나게 했다. 그렇게 꼿꼿하고 태연하게 서 있는 그녀는, 아름다웠다. 그리고 강했다. 그리고…… 서영과 어울리지 않았다.

소운이 입술을 움직여 조금 웃고는, 말했다.

서영 씨, 왜 그래요?

서영은 진저리를 치며 그녀에게 뛰어들었다. 소운의 몸이 힘없이 쓰러졌다. 그래도 그녀는 어떤 방어도 저항도 하지 않았다. 미칠 듯한 허기를 느끼며 서영은 그녀의 목을 물어뜯었다. 그 순간 살점이 찢겨 나온 목덜미에서 눈부신 빛이 피처럼 솟구쳐 나와 서영은 소리를 지르며 옆으로 굴렀다. 소운의 몸이 조금씩 희미해지다가 시야에서 사라졌다. 서영의 시각이 상실되어서였다. 더 이상 앞이 보이지 않았다. 어딘가에서 살 타는 냄새가 났다. 단백질이 지글지글 끓어오르며 구워지는 냄새였다. 서영은 눈이 먼 채 나가는 문을 찾아 이리저리로 달리다가 벽에 부딪쳤다. 공기 전체가 화염으로 변하고 있다는 걸 알 수 있었다. 하나, 둘, 셋, 셋만 세면 끝난다, 나는 타버릴 것이다, 서영은 생각했다. 그러나 서영이 셋을 채 세기 전에 화르륵 소리와 함께 불길이 몸을 감쌌다.

그런, 꿈이었다. 깨고 난 다음에는 아무렇지도 않게 잊었는데, 떠올리니 다시 몸이 떨렸다.

그런 꿈을 꾸었다는 사실을 그녀에게 왜 말하지 못했는지, 왜 앞으로도 말하지 못할 것인지, 서영은 알 수 없었다. 그냥, 말할 수가 없었다.

어쨌든 악몽은 끝났어, 서영은 설득하듯 자신에게 말했다. 나는 괜찮아.

*

시간이 빠르게 흘러갔다. 두 사람은 거의 매일 만났다. 무서운 영화를 함께 보았고, 달콤한 영화도 보았다. 영화가 재미없을 때는 경쟁하듯 열심히 욕을 했다. 백화점에 가서 서로의 옷을 골라주었고, 필요하지도 않은 예쁘고 비싼 주방용품 몇 가지를 쇼핑했다. 팥빙수와 아이스크림을 사 먹었다. 서점에 들어가 한 작가의 책 두 권을 사서 에어컨 바람이 시원한 카페에 들어가 함께 읽다가 두런두런 얘기를 나눴다.

여름의 태양은 뜨거웠고, 거리를 나란히 걷고 있으면 아스팔트에서 올라온 열기로 주위의 모든 사물과 사람들의 윤곽선이 흔들렸다. 그들은 땀을 흘리며 길을 걷고, 그러다 지치면 소운의 방으로 가 몸을 식혔다. 한 시간, 두 시간쯤 세상모르고 낮잠을 잔 뒤에 일어나 차가운 물에 몸을 씻고, 약속이라도 한 듯 서로를 끌어당겨 안았다.

소운의 입술에선 짠맛이 났다. 소운의 몸은 식물들이 다 타버린 뒤에 남은 대지 같았다. 시간이 흐르고 긴장이 풀리면 달라질 줄 알았는데, 그렇지 않았다. 그녀의 눈동자 속에 담긴 간절함은 사라지지 않았고, 그녀의 몸은 느슨해지지도 나태해지지도 않았다. 소운은 한 사람을 사랑하기 위해 일생을 기다려온 사람처럼 서영을 대했다.

어느 날 오후, 소운의 어깻죽지에 머리를 얹고 눈을 감고 있을 때, 소운이 서영을 불렀다.

"서영 씨."

대답할 수가 없었다.

"왜 그래요, 왜 울어요."

모르겠어요, 서영은 대답하고 눈가를 닦았다. 괜찮아요.

바보같이, 그녀가 말하고 서영을 안았다.

신혼부부 같다고 생각했다.

그러니까, 서영이 한 번도 꿈꿔본 적이 없는 것. 자신에게 어울리지 않는다고 생각했으므로 상상조차 해보지 않은 것.

이렇게 보드라운 날들. 식지 않는 마음. 재워도 재워도 잠들지 않고 몸속 어딘가에서 시작되어 온몸으로 퍼져가는, 온기라고 하기엔 너무 뜨겁고, 열기라고 하기엔 아스라한 기운.

생활, 어딘가에서 훔쳐온 것만 같은.

안전하고, 따뜻하고, 때로는 익살스러워 웃음이 나고, 건강하고, 조용하고, 고즈넉한.

그 끝에는 뭐가 있을까?

그런 생각을 하고 있었다.

그 생각을 읽은 것처럼, 소운이 서영의 몸을 더 바짝 끌어당기며 속삭였다. 걱정하지 말아요.

*

걱정하지 말아요. 내가 항상 곁에 있을 테니까.

거짓 없이 은은하게 빛을 내는 그 말을, 서영은 머릿속에서 몇 번이나 되감아보았다. 그 말을 들은 순간을, 그때의 공기를. 그 문장에는 아무것도 잘못된 것이 없었다. 오자도, 탈자도, 잘못된 구조도.

서영은 국내 무협작가 열 명이 함께 쓴 옴니버스 소설집 원고를 보고 있었다. 무협 장르에 대해서는 완전히라고 해도 좋을 만큼 무지했으므로 관련 사이트를 띄워놓고 기초적인 용어들과 한자부터 하나하나 익혀야 했다. 이기어검(以氣御劍), 뜻과 진기의 힘으로 검을 다스린다. 수어검(手御劍), 손으로 검을 조종한다. 목어검(目御劍), 눈빛만으로 검을 놀린다. 심어검(心御劍), 마음만으로 검이 날아가게 한다. 무형검(無形劍), 형상이 없는 검. 어떤 초식도 필요 없이 극대화된 검기를 부려 검 없이 적을 벤다…….

이런 이야기를 쓰는 건 재미있는 일일 거야. 아니, 이야기를 쓰는 건 다 재미있는 일일 거야.

이야기니까.

무슨 생각을 하니, 한서영?

서영은 냉장고에서 맥주를 꺼내왔다. 무협은 흥미로워 보이는 장르였다. 무기를 쓰는 데 마음을 다스리는 일이 중요하다는 이야기가 계속 반복되기 때문이었다. 글쓰기가 검이라면,

서영은 수련도 문파도 사부도 없이 어느 날 갑자기 그 검을 얻게 된 백면서생(白面書生)에 지나지 않았다. 내공 없이 무기를 잡아 휘두른 자가 필패(必敗)하는 것도, 그에게 주화입마(走火入魔)가 찾아오는 것도 당연했다. 그리고 이제, 그 검조차 서영에게는 없었다.

전화벨이 울렸다. 소운이었다.

'잘 돼가나요? 힘내요. 나는 열심히 쓰고 있어요. 빨리 끝내고 만나요. 보고 싶어요. 서영 씨. 안고 싶어요.'

서영과 사귀기 시작한 뒤로 소운은 갑자기 일이 많아졌다. 마치 마법의 힘이 사람들의 어리석은 두뇌에 끼얹어져 세포들이 뒤늦게 깨어난 것처럼, 그들이 이제야 그녀를 알아보기 시작한 것 같았다. 여러 군데의 문예지에서 한꺼번에 단편소설 청탁이 들어왔고, 장르문학 사이트에서도 판타지를 연재하지 않겠느냐는 제안이 왔다. 일반문학과 장르문학 양쪽에서 러브콜을 받는다는 것은 아무에게나 일어나는 일이 아니었다. 소운이 애초에 경계에 서 있는 작가이긴 했지만, 어쨌든 뭇 작가들이 대단히 부러워할 만한 일이었다. 소운의 글을 원하는 곳이 너무 많아 몇 건은 다음으로 미루어야 했다. 제가 장편 작업도 같이 하고 있어서요, 전화에 대고 그렇게 말하는 소운의 얼굴은 아쉬워하는 듯하면서도 밝았다.

전부 서영 씨 덕분이에요. 그런 거 같아. 나, 잘할 거예요. 잘하고 싶어요. 그녀는 서영을 꼭 안으며 말하고는, 팔을 풀고 책상 앞으로 갔다. 수첩에 일정들을 적어놓고, 메일을 확인하고, 원고 청탁서를 프린트해 하나하나 벽에 붙였다.

얼굴에서 빛이 나는 소운을 보는 것은 다행한 일이었다. 주목받지 못하는 작가로 하루하루 시무룩해져가는 그녀를 보는 것보다는 훨씬 나았다. 그것이 쓰는 사람을 얼마나 소리 없이 시들게 하는 일인지, 서영은 직접 겪어 알고 있었다. 젊고 촉망받는 작가라는 타이틀은 오래가는 게 결코 아니었다. 쇠는 뜨거울 때 때려야 했다. 정말 잘된 일이었다.

아닌 게 아니라 소운은 서영과 시간을 보내면서 날마다 조금씩 아름다워지고 있었다. 아름답다, 는 형용사가 거창하게 느껴질지도 모른다. 그러나 예쁘다, 멋있다, 괜찮다, 근사하다, 는 왠지 부족해 보였다. 서영이 보기에 그 상태를 나타낼 형용사는 아름답다, 밖에 없었다. 그것은 소운에 대한 서영의 맹목, 사랑 때문에 제정신을 차리지 못하는 마음 때문에 떠오른 단어가 아니었다. 서영에게 그 형용사는 차가운 단어였다. 차갑게 닫혀 있는 단어였다.

작가들은 그 단어를 아주 많은 곳에 사용했다. 소유하고 싶은 사람의 외모를 묘사할 때도, 돌아갈 수 없는 유년의 추억을 회상할 때도, 타인을 걱정하고 이웃을 돌보는 사람들의 마음을 형용할 때도. 그러나 서영에게 그 단어는 다음과 같은 것들을 의미했다: 완결, 자기만족, 돌아보지 않음, 도취, 얼음, 자비가 없는 상태, 무책임, 외면.

'아름다운 사람들이었단다, 서영아. 너는 잘 모르겠지만.'

무슨 생각을 하는 거야, 대체?

서영은 맥주를 한 모금 더 마셨다. 소운을 생각하자, 자신이 공정하지 않다는 생각이 들었다. 소운은 자기도취에 빠진 것도, 서영을 외면한 것도 아니었다. 그녀는 서영을 사랑하고, 마음을 다해 아껴주고 있었으며, 자신감으로 넘쳤다. 사랑하는 사람에게서 사랑받는다는 것은 대단한 일이어서, 사람의 얼굴과 분위기와 그 주위에 흐르는 공기를 모조리 바꿔놓는다. 그렇게 달라진 기류가 흐르고 흘러 어딘가에 닿아서, 소운에게 좋은 일들을 가져다주고 있는 것이었다.

서영 때문에 글을 쓸 수 없다고 그녀가 수줍게 웃으며 털어놓았던 것이 아주 옛날 일처럼 느껴졌다. 소운의 그 상태는 며칠밖에 가지 않았고, 그녀는 서영이 나오는 글을 썼다. 서영은 그 글을 읽었고, 그녀들은 서로 사랑하는 사이가 되었다. 이제 소운은 더 열심히 쓰고 있었다. 사랑의 힘으로.

서영 역시 사랑하는 사람에게서 사랑받고 있었다. 차이가 있다면, 서영은 이제 글을 쓰지 않는다는 점뿐이었다.

'어찌하여 저 산의 맑은 물은 소가 마시면 우유가 되고 뱀이 마시면 독이 되는가, 초영은 유유히 걸어가는 묵련의 뒷모습을 바라보며 자신에게 물었다. 묵련의 유엽비도(柳葉飛刀)가 꽂힌 곳이 객잔의 나무벽이 아니라 자신의 심장인 것만 같았다. 그들 역시 한때는 한 칼집 속에 든 두 자루 쌍둥이칼처럼 서로를 의지하며 지냈으나 날아갈 수 있는 거리는 애초부터 달랐던 것이다.'

원고의 몇 문장이 서영의 눈을 붙잡았다. 정인(情人)의 탁월함에 질투를 느껴 미워하는 탁하고 편협한 마음을 정(情)이라 할 수 있을까? 질투라는 감정은 애초에 사랑을 위협하는 사람에게 느끼는 것이지, 사랑하는 사람에게 느끼는 것은 아니지 않나? 서영은 자신의 비틀린 마음을 이해할 수 없었다.

소운의 부동심(不動心)은 사랑을 만나 잠시 흔들렸으나 곧 사랑으로 인해 예전보다 더욱 견고하고 강한 내공으로 굳어갔다. 서영은 그녀의 내공을 동경했다. 아꼈다. 마음을 다해 응원

해주고 싶었다. 애초에 소운을 좋아하게 된 계기가 그녀의 눈부신 내공이었으니 당연한 일이었다.

소운의 다양한 얼굴이 좋았다. 셔츠를 팔꿈치까지 걷어붙이고 파스타를 요리해주는 다정다감한 옆모습도 좋았고, 심각한 얼굴로 책을 들여다보다가 갑자기 서영을 불러 귓가에 '사랑해' 하고 속삭인 다음 시치미를 뚝 떼고 다시 책으로 시선을 옮기는 버릇도 좋았다. 원소 주기율표를 천천히 외우며 각 원소들을 각각 다른 형용사로 묘사하는 그녀의 목소리도, 극장에서 디즈니 애니메이션을 함께 보고 나올 때면 자신의 눈보다 빨개져 있는 그녀의 눈도, 안 울었다니까요! 하고 부끄러워하며 화를 낼 때의 붉어진 볼도 좋았다.

하지만 서영이 가장 좋아하는 건 책상 앞에 앉아 타닥타닥 소리를 내며 키보드를 두드릴 때의 소운이었다. 생각이 잘 나지 않을 때면 이마에 조그만 주름이 잡히고, 문장이 잘 써질 때면 자신도 모르게 으음, 좋아! 하고 중얼거리고, 구상을 할 때면 방 안을 걸어다니다 아무 데나 양탄자처럼 드러누워서는 '다른 눈높이! 다른 관점!' 하고 혼잣말을 해대는 그녀를, 이야기의 뼈대를 그리고 벽돌을 쌓아가는 그녀를, 서영은 사랑했다.

소운이 그러고 있을 때 서영은 주로 그녀의 침대에 누워 있었다. 고수를 꿈꾸며 검을 수련하는 그녀를 지켜보면서, 그녀가 그 일을 끝내기를 말없이 기다리곤 했다. 그 일은 그 일대로 달큰하고 나른했기에, 그 순간에는 아무런 생각도 나지 않았기에, 서영은 지금 자신의 마음을 더더욱 이해할 수가 없었다. 내가 그녀의 정인(情人)이라면, 그녀에게는 있고 나에게는 없는 빛나는 검을 자꾸만 생각하는 나는 누구인가?

문득 모니터 한쪽 구석에 표시된 날짜가 눈에 띄었다. 그녀와 처음으로 사랑을 나눈 그날 이후, 두 번 다시 달에 대해서는 생각하지 않았다. 밤하늘을 올려다보지도 않았다.

서영은 창가로 걸어갔다. 그믐달로 바뀌고, 삭(朔)을 지나 초승달로 돌아온 다음, 다시 상현달로 여물어가는 창백하고 하얀 달이 거기 있었다.

그것을 보는 순간, 스무 날이 넘도록 궁금하지 않았던 사실 하나가 떠올랐다.

그 짐승은, 죽었을까.

*

서영 씨,

좀 잤어요? 속은 괜찮아요? 나는, 아침에 서영 씨를 그렇게 보내고 나서 마음이 안 좋았어요. 어제 너무 재미없었죠? 그 사람들, 원래부터 그렇게 재미없는 사람들은 아닌 것 같은데, 내가 장르 쪽에서 온 사람이라고 생각해서 필요 이상으로 긴장했던 것 같아. 예의를 지키고 조심스러워하는 건 좋은데 지나치게 조심스러워해서, 좀처럼 대화가 이어지지 않았어요. 최근에 읽은 책 얘기가 시작되었는데 내가 읽어본 책은 하나도 없고, 내가 읽은 것 중엔 그 사람들이 읽은 게 하나도 없고. 그냥 자리에서 일어날 걸 그랬나 봐. 그런데 그 순간 서영 씨가 너무 보고 싶어서, 얘기하고 싶고 목소리가 듣고 싶어서, 바쁘다는 걸 알면서도 불러내고 말았어요.
내가 너무 응석을 부리죠? 미안해요. 불편한 자리까지 같이 있어 달라고 하고. 나, 오늘 그 출판사랑 결국 계약했어요. 걱정도 좀 되지만, 할 수 있을 것 같아요. 계약금을 받았으니까 서영 씨랑 맛있는 거 먹으러 가야지, 지금은 그런 생각밖에 안 나요.

뭐가 먹고 싶은지 잘 생각해봐요. 갖고 싶은 게 있으면, 말해줘요. 나, 서영 씨한테 해주고 싶은 게 너무 많으니까.
보고 싶어요. 아까 헤어졌지만, 또 보고 싶어요. 한 번 더 안고 싶어요. 서영 씨 입술에 입맞추고, 같이 잠들고 싶어요.

littlecloud, 소운

*

서영 씨,

아침에 첫 취재를 끝내고, PC방에 들어와서 잠깐 메일을 써요. 잘 잤나요? 아침은 먹었어요? 취재는 생각보다 잘됐어요. 글을 쓰려고 한다니까 관계자가 잠깐 의아해했지만, 서영 씨 말대로 명함을 만들어서 들고 간 게 많은 도움이 된 것 같아요.
취재한 만큼 글이 잘 나와야 할 텐데. 걱정이 되기도 하지만, 제철소라는 공간에 대해서는 관심이 많았으니까 이 기회에 잘 써보려고 해요. 강한 것, 을 떠올리면 제일 먼저 용광로가 떠오르곤 했어요. 엄청난 열과 압력 속에서 단단한 금속이 만들어진다는 게 멋있어서. 그런데 현실의 그 공간은 정말 상상을 뛰어넘을 만큼 뜨겁더군요.

서영 씨한테 내가 강철처럼 단단한 사람이었으면 좋겠어요. 늘 기댈 수 있고, 의지가 되고, 불안하지 않게 지켜줄 수 있는 사람이었으면 좋겠어요. 그런데 요즘은 별로 그러지 못한 것 같아 미안하고 아쉬워요.

서울에 돌아가는 대로 연락할게요. 보고 싶어요. 많이.

littlecloud, 소운

*

한서영에게,

사랑해. 서영. 사랑해. 서영.

사랑해. 서영. 사

랑해. 서영. 사랑해. 서영. 사랑해. 서영. 사랑해. 서영. 사랑해. 서영.
사랑해.

소운

*

서영 씨, 그녀가 불렀다.

"나 안 보고 싶었어요?"

반쯤 열린 문틈으로 술 냄새가 확 끼쳤다. 소운은 좀 취해 있었다. 얼굴이 붉었고, 머리는 부스스했다. 왜 이럴까. 이렇게 되도록 마시는 사람이 아닌데.

"여기로 오면 어떡해요. 전화하면 내가 갈 텐데."

"나, 오늘 여기서 자고 갈 거예요."

서영은 한숨을 쉬었다.

"안 돼요."

"정말 안 돼요?"

"……알았어요. 들어와요."

자신의 방을 가로질러 침대로 가서 털썩 드러누워버리는 소운을 서영은 더 막지 못하고 엉거주춤 서서 바라보았다.

"여기가 서영 씨 방이구나. 여기, 나 너무 들어오고 싶었는데."

소운이 천장을 보며 중얼거렸다. 그렇게 말하고는 있었지만, 적극적으로 주위를 둘러보지는 않았다.

무슨 생각을 하는 것일까? 아마도 서영과 같은 생각을 하고 있겠지. 작은 방이어서 시선이 피해갈 방법은 없었다. 침대, 책장, 거기 꽂힌 『스틸 라이프』 열두 권. 이 방에 가득한 서영의 지난 시간들, 과거. 그것을 언급하지 않으려고 두 사람 모두 조심하고 있었다. 짧은 순간이었지만, 서영은 분명히 느꼈다.

"무슨 일 있었어요?"

"아뇨. 진행회의를 한 것밖에는."

"그런데 왜 이렇게 많이 마셔요?"

"속상해서요."

"왜요?"

"서영 씨가 너무 바빠서 날 안 만나주잖아요."

"내가요? 나보다 소운 씨가 더 바쁘잖아요."

"난 괜찮은데. 매일매일 만날 수 있었는데. 매일 보고 싶었다고요."

그 말을 하는 그녀의 표정은 지치고 불안해 보였다. 눈이 마주치자, 이리 와요, 소운이 손을 내밀며 불렀다. 서영이 다가가자 그녀는 서영의 손을 깍지 껴 잡고 천천히 당겼다. 서영은 눈을 감았다. 소운의 얼굴이 뜨거웠다. 입술과 입술이 휘감겼다. 입맞춤은 짧았다. 서영의 손가락을 매만지던 그녀가 물었다.

"반지, 어디 갔어요?"

아, 책상 위에 있어요, 서영은 아무렇지 않게 대답했다. 하지만 소운은 곧바로 몸을 일으켜 앉았다. 그것이 정말로 거기 있는지 확인했다. 그것은 교정지 옆에 놓여 있었다. 그녀가 다시 물었다.

"왜 빼고 있죠?"

"그냥, 좀 불편해서요."

"불편했어요?"

그녀가 물었다. 그때까지는 아무 일도 아니라고 생각했는데, 그렇게 묻는 그녀의 목소리와 표정 때문에 모든 것이 달라졌다.

"왜 불편한데요?"

홍대에서 제일 괜찮다는 쥬얼리숍에서 맞춘 커플링이었다. 큐빅도, 아무런 장식도 없이 심플한 모양으로 된 가느다란 은 반지. 소운이 그런 것을 맞추고 싶어 할 줄은 몰랐는데, 하도 졸라대서 서영은 마지못해 승낙했다. 그게 문제가 될 거라고는 서영도 소운도 전혀 생각하지 못했다.

"너무 작아요? 너무 커요? 아닌데. 꼭 맞았잖아. 서영 씨 손 씻을 때 반지 빼고 씻어요? 그러지 않잖아요."

"소운 씨."

"네."

"왜 그래요?"

"언제부터 빼고 있었어요?"

"그게 무슨 말이에요. 왜……?"

"서영 씨."

"네."

"꿈 꿨어요?"

"꿈?"

"그저께, 보름달이었어요. 알고 있었죠?"

그 순간, 서영은 알았다. 현실과 아무런 관계가 없기를 바라서, 현실이 될 리가 없다고 생각해서, 누구에게도 말할 수 없을 만큼 이상하고 어이없어서 말하지 않은 것들도, 말이 되어 나올 수 있다는 사실을. 서영은 그 꿈이 자신의 병이라고 생각했다. 혼자서 해결해야 할 망상이라고 생각했고, 소운과는 더 이상 관련이 없을 거라고 믿었다. 소운에게 자신의 문제를 전가시키는 일은 이제 하고 싶지 않았다. 이렇게 자신을 좋아해주는 사람에게는.

그런데, 그게 문제가 되고 있었다. 소운에게 영향을 끼치고 있었다. 그건 소운이 서영을 믿기 때문이었다. 진심으로 대해주고 있기 때문이었다.

사흘 전, 밤에 반지를 뺐다. 그 순간 어떤 마음이었는지는 기억나지 않았다. 아무 생각도 하지 않았던 것 같기도 했다. 그냥, 알 수 없는 충동이 지나갔고, 그렇게 했다.

그 다음날 밤에 꿈을 꾸었다. 아무런 꿈도 꾸지 않을 거라 생각했는데, 또 그곳이 나왔다.

하지만 꿈의 시점이 달랐다. 누군가와 함께 박물관으로 들어가는 대신, 서영은 유리 진열장 안에 가만히 있었다. 박제였다. 몸속의 내장을 들어내고 방부제를 채워 넣은 늑대 박제.

박제였으므로, 당연히 움직일 수도 없었다. 서영은 진열장 안에서 뚫어져라 앞을 쳐다보고 있었다. 박물관 안에는 관람객이 아무도 없었다. 소운도, 사람의 모습을 한 자신도, 다른 누구도 오지 않았다. 서영은 계속 기다렸지만, 숨이 막혔다. 자신이 살아 있다는 것을, 아무도 알지 못했다. 세상 어느 누구도. 폐라는 게, 심장이라는 게, 있을 리가 없는데도 숨이 막히고 구역질이 나고 가슴이 쿵쿵 뛰었다. 박제인 몸으로는 어떻게 해도 유리 진열장 밖으로 나갈 수가 없었다.

그 꿈을 꾸고 깨어난 새벽에는 좀 울었지만, 소운에게 말할 수는 없었다. 어떤 말도 할 수가 없었다. 적절하지 않았다. 그냥, 적절하지 않을 뿐인 이야기도 세상에는 있지 않은가.

그런데 결국 그 이야기를 하게 되었다. 소운이 묻고 있었으므로 다른 방법이 없었다.

그 꿈도, 전부는 말하지 않았던 지난번 꿈도, 말했다. 말하고 나니 알 수 없는 기분이었다.

가만히 듣고 있던 소운이 한참 뒤에 물었다.

"서영 씨, 내가 싫어졌어요? 내가…… 답답해요?"

"그런 게 아니에요."

"그럼, 뭔가요?"

그냥…… 글을 쓰고 싶어서 그런가 봐요, 서영은 말했다. 웃으며 말했는데, 말끝에 와락 눈물이 쏟아졌다. 당황스러울 만큼 부끄럽고, 부끄러운 만큼 이상한 서러움이 몰려왔다.

소운이 팔을 뻗어 서영을 안았다. 손바닥으로 등을 쓸고, 가만히 토닥였다. 그러면서 몇 가지 질문을 더 했고, 서영은 대답을 했다.

"나를 좋아하고, 나와 헤어지고 싶지 않고…… 다른 사람이 생긴 것도 아니고, 다른 사람을 좋아하고 싶지도 않고. 그런데 글을 쓰고 싶다. 사랑해야 쓸 수 있는데, 사랑하고 있는 동안에는 쓸 수가 없다."

소운은 최선을 다해 이 상황을 이해하려고 애쓰는 것 같았다.

"나와 헤어지지 않고 나에 대해 쓸 순 없는 거예요?"

잘 모르겠어요, 못하겠어요, 서영은 한참 생각한 끝에 대답했다.

왜요? 소운이 물었다.

"작가는 세상을 살면서 세상에 대해 써요. 세상이 끝나거나 멸망한 뒤에, 그 바깥에서 쓰는 게 아니라고요."

나에게는 그 일이 왜 불가능한 걸까, 서영은 생각했다.

"할 수 있어요. 왜 못한다고 생각해요? 왜 그렇게…… 자신감이 없어요? 그렇게 잘 쓰면서. 내가 서영 씨 글을 얼마나 좋아하는지 알면서, 왜 그래요?"

순간 참을 수 없는 감정이 치받쳐 올라왔다.

"소운 씨."

"네."

"……자신감이 없는 사람에 대해 알아요? 뭘, 얼마나 아는데요? 자신감이 없어본 적이 없는 사람이, 그걸 알 수 있다고 생각해요? ……언제나 세상 안에 있었던 사람이, 바깥에 있어본 적이 한 번도 없는 사람이, 그걸 이해할 수 있다고 믿어요? 세상 전체한테 버림받아본 적, 있어요? 없잖아요."

"……."

"사랑한다는 말을 아무리 들어도, 그게 안으로 들어오지 않아서, 어떻게 해도 남들 말을 믿을 수가 없고, 남들이 좋아하는 자신을 좋아할 수가 없어서, 그런 자신이 너무 끔찍한데, 그걸 필사적으로 숨겨야 하는, 평생 그런 식으로밖에 살아갈 수 없는, 그런 더럽고 한심하고 지랄 같은 기분에 대해 아느냐고요. 모르잖아요."

눈물이 흘렀다. 끝났어, 서영은 생각했다. 이제는 정말로 끝나버렸다. 토하는 것처럼 쏟아내버렸다. 이런 말들을 참아줄 수 있는 건강한 사람은 세상에 없다. 건강함은 병을 혐오한다. 지금껏 있는 힘을 다해 끌어 모으고, 남들처럼 보이려고 예쁘장하게 꿰매 붙여놓은 자신의 건강한 부분조차도 병든 부분을 이토록 싫어하는데, 타인이 그러지 않을 리 없었다.

후련하긴 했지만, 벌써 후회되기 시작했다. 이 사람을 만나 꿈을 꾸었지. 나 역시 건강해질 수 있을 거라고 착각했지. 그랬다면 끝까지 숨겼어야 했다. 그런데 왜 말해버렸나. 다른 누구도 아닌 이 사람에게 왜 이런 얘기를 해버린 걸까. 세상에서 가장 숨기고 싶은 사람 앞에서, 왜 나는 뒤틀린 나를 숨길 수가 없나.

"서영 씨."

"……."

"그 박물관."

"……."

"거기서 무슨 일이, 있었죠? 처음에요."

소운이 눈썹을 찡그리며 말했다.

"……나한테 말해줘요. 알고 싶어요."

*

그곳은 작은 박물관이었다. 대학에 딸린, 조그맣고 아담한 자연사박물관. 생긴 지 얼마 되지 않아 전시물들은 모두 새것이었다. 상어와 북극곰과 호랑이 박제, 아름다운 날개를 지닌 그 수많은 나비와 딱정벌레 표본들까지 모두.

너무 옛날 일이어서 기억이 확실하지 않았지만, 그곳에 가 보고 싶다고 한 건 서영이었다. 여섯 살, 서영은 인형이나 텔레비전보다 살아 있는 동물을 좋아하고, 과학과 관계된 이야기에 정신을 못 차리는 아이였다. 그날, 그들은 그 캠퍼스 안을 셋이 걷고 있었다. 그녀가 서영의 손을 잡고 앞서 걸었고, 조금 뒤에서 담배를 한 손에 든 그가 따라왔다.

그들은 걸으면서 별다른 말을 하지 않았다. 몇 마디 나누긴 했는데, 서영이 끼어들 수 있는 대화는 아니었다. 두 사람에게 공통으로 친구인 한 작가의 글에 관한 이야기였던 것 같기도 하다. 그 양반, 그런 것에 관심 있을 줄은 몰랐는데, 뭐 그런 식으로 구체적인 내용이 빠진 대화였다. 그가 몇 마디 하면 그녀가 웃었고, 그녀가 다시 뭐라고 말하면 그가 웃었다. 그때 서영이 '자연사박물관'이라는 표지판을 찾아냈다. 두 사람은 잠시 엉뚱하다는 표정을 지었지만, 결국 서영을 그곳으로 데려갔다.

높은 언덕을 올라 박물관 안으로 들어갔다. 서영은 이리저리 뛰어다니며 정신없이 동물 박제들과 공룡뼈를 들여다보았다. 안 무섭니? 그가 물었다. 서영은 하나도 무섭지 않았다. 무서울 게 뭐가 있겠는가. 모두 죽은 동물들인데. 서영은 오히려 가엾다는 생각이 들었다. 박제사의 솜씨가 별로 뛰어나지 않아서 동물들은 그다지 볼품이 없었고, 그래서 서영은 그것들을 하나하나 오랫동안 눈여겨보게 되었다. 원래는 더 예뻤을 텐데.

늑대 박제는 자칼과 하이에나 사이에 있었다. 좀 심하다 싶을 정도로 볼썽사나운 작품이었다. 털에는 윤기가 없고, 눈동자는 아무렇게나 만든 인형 눈처럼 탁했으며, 눈알과 눈구멍 사이에는 가느다란 틈이 벌어져 빈 공간이 보였다. 그걸 보고 있자니 이상하게 목이 말랐다. 아이스크림을 먹고 싶다고 했더니 두 사람은 동시에 난감한 표정을 지었다. 하지만 결국 그것을 사러 갔으니, 그들은 서영을 사랑하고 있었던 것 같기도 했다.

문제는 그들이 동시에 자리를 비웠다는 것이었다. 여기서 꼼짝 말고 기다리고 있어, 어디 가면 안 돼, 그렇게 말해놓고는, 출구를 향해 걸어갔다. 그것이 특별한 일은 아니었다. 두 사람은 서영을 놔두고 늘 그렇게 함께 없어졌다 돌아오곤 했다. 일부러 그러는 것은 아닌 듯했다. 다만 언제나 좀 더 중요한 어떤 문제가 있어서, 아이 곁에는 최소한 한 사람은 남아 있어야 한다는 사실을 잊어버리고, 또 잊어버리고, 또 자꾸만 잊어버리는 것 같았다.

서영은 계단을 내려가 박물관 문을 향해 걸어가는 두 사람의 뒷모습을 보고 있었다. 그들은 젊었고, 아름다웠다. 그녀는 검은 생머리를 허리까지 기르고 집에서 직접 재봉해 만든 원피스를 입었고, 그는 곱슬머리에 줄무늬 셔츠와 흰색 진 차림이었다. 서영은 그 뒷모습을 잊을 수가 없었다.

그들이 자리를 비운 건 겨우 한 시간이었다. 아주 떠나버린 것도 아니고, 언덕 아래에 있는 교내 매점에서 서영이 원하던 맛의 아이스크림을 찾아내느라 시간이 걸린 것뿐이었으니, 서영이 박물관이라는 공간과 이상한 관계를 맺게 된 건 다소 부적절하고 아귀가 맞지 않는 일인지도 몰랐다. 하지만 훗날 자신이 버림받은 장소로 서영이 그 박물관을 선택해 기억하게 된 건—그것은 말 그대로 '선택'이었다—다른 모든 장소들이 부적합했기 때문이었다. 서영은 여러 번 다른 장소를 상상하려 했다. 있었던 일을 있었던 대로 기억하려 했다. 그러나 스무 살에도, 서른 살에도, 그 일에 실패했다. 서영의 의식 속에서 그런 일이 일어나기 알맞은 장소는 오직 여섯 살 때의 그 자연사박물관, 조명이 있었으나 그렇게 밝지 않았고, 새로 붙인 라벨들과 안내문들에서 낯설고 서영을 묘하게 배척하는 듯한 질감과 냄새가 느껴지던, 털이 흉하고, 벌어진 입 속에 추한 이빨들을 드러낸 채 한 시간 내내 서영을 노려보고 있던 그 늑대 박제 앞밖에 없었으니까.

그 일은 실제로는 따스한 봄날의 태양이 환하게 비치는 곳에서, 빛이 모든 사물의 윤곽을 뚜렷이 드러내 보이는 곳에서 이루어졌다. 그들은 그녀의 동생, 그러니까 서영의 이모에게 자신들의 아이를 데려다 맡겼다. 그날 맛있는 저녁을 먹었고, 모두가 함께 웃었다. 그런 식으로 아이를 버리는 부모는 없지 않을까? 그러나 그들은 그날 서영을 버렸다. 잘 지내고, 학교 잘 다니고. 엄마 아빠가 일 마치면 데리러 올게. 그렇게만 말하고 돌아갔다. 서영이 여덟 살 때였다.

그들은 한 달 뒤에 찾아왔다. 아무 일도 없었다는 듯 유쾌하고 들뜬 표정을 하고, 서영에게 여러 가지를 물었다. 학교는 괜찮니? 친구들은 많이 사귀었니? 서영은 고개를 끄덕였다. 자식이 없는 이모와 이모부는 좋은 사람들이었고, 서영의 부모 역할을 잘해주었다. 그림일기를 써서 냈는데 선생님이 칭찬해주셨다고 서영은 말했다. 어린 마음에도 무엇이 그들의 관심을 잡아끌 수 있는지 필사적으로 생각하고 있었던 것이다. 그들은 놀라워하며 칭찬해주었다. 잘했구나, 우리 서영이. 무슨 얘기를 썼는데? 응, 엄마 아빠랑 같이 놀러간 얘기랑, 내가 넘어져서 엄마가 무릎에 약을 발라준 얘기랑, 그리고 고기 먹은 거. 고기? 응, 지난주에 먹었잖아, 우리.

그들은 웃었다. 너무 흐뭇한 표정으로 웃고 있어서, 서영은 왜 웃느냐고, 그렇게 웃으면 안 되지 않느냐고 물을 수도, 화를 낼 수도 없었다.

"무슨 일을 하셨는데요, 부모님이?"

"작가였어요. 두 분 다."

"……."

"그리 유명한 사람들은 아니었어요. 말해도 아무도 모를 걸요. 하지만 각자 자기 이름으로 된 책 두세 권 정도씩 갖고 있었어요. 난 읽어보지 않았지만. 내가 글짓기를 잘한다고 이모가 말하면, 그분들은 기쁜 눈으로 쳐다봤어요. 정말로 기쁜 눈으로."

그들이 서영을 정말로 버린 것은 아니었는지도 모른다. 그 뒤에도 한 달에 한 번씩은 찾아와 또 아무렇지도 않게 식사를 함께하고, 즐거운 대화를 나누고 돌아갔으니까. 서영은 계속 기다렸다. 그들이 서영을 다시 데려가지 않는다면, 이 상황을 누군가가 설명해주기를. 하지만 아무도 그래주지 않아서, 결국 이모에게 울면서 물었다. 6학년 때였다.

같이 살지 않을 거면 왜 낳은 거예요? 왜 아무 설명도, 사과도 하지 않는 거예요?

이모는 한숨을 쉬면서 미안하다고 말했다. 그들 대신 미안하다고 사과했다. 서영아, 네 엄마는 보통 사람들이랑은 조금 다르단다. 아빠도 그렇고. 나도 잘 모르겠지만, 글 쓰는 사람들한테는 가끔 그런 일도 있어.

"어휴, 뭐가 그런 일이 있어요. 말도 안 돼."

"나는…… 이모의 심정은 이해가 가요. 지금은. 조금은. 이모는 엄마 대신 미안해하고, 엄마 대신 사과하는 것으로 엄마를 이기려고 하고 있었어요. 나를 잘 지키고, 훌륭하게 키워내는 것으로 엄마보다 나은 사람이 되려고 했던 것 같아요. 이모 자신도, 특출한 재능이 없다는 이유로 어릴 때부터 외할머니 외할아버지한테 별로 사랑받지 못했으니까."

"그런 게 어디 있어요. 왜 그래야 되는데요? 그건 예술도 뭣도 아니고, 그냥 무책임이에요. 그냥 인간으로서 부족하고 형편없었던 거라고요. 예술은 그런 게 아니에요. 아이를 버리고, 책임을 버리고, 그따위가 예술이 될 수 있을 리가 없잖아요."

"소운 씨."

"네."

"소운 씨는, 모든 걸 책임질 수 있어요?"

"네?"

"소운 씨의 글과, 소운 씨의 생활을, 어느 한쪽도 조금도 모자라지 않게, 어느 쪽에도 소홀해지지 않게, 잘 돌볼 수 있어요?"

"글쎄, 그건, 어렵죠. 하지만……."

"작가끼리 커플이 되면, 처음에는 눈부시게 빛나다가도 곧 잘 헤어져요. 이유가 뭐든, 끝까지 잘되는 일은 정말 드물어요. 각자의 세계를 지키면서 사랑도 잘 지켜나간 작가 커플이 그렇게 많지는 않은 것 같아요."

"……알아요, 그건."

"우리 부모님은 각자의 세계도 지켰고, 끝까지 상대방도 잘 지켰어요. 그래서 버릴 게 나밖에 없었던 것 같아요. 뭔가를 버리지 않으면 안 돼서."

점점 빈도가 낮아지는 그들의 방문과 설명 없는 헤어짐은 서영이 대학교 2학년이 될 때까지 계속되었다. 그때쯤에는 서영도 그들을 자신과 관계없는 사람들, 의무적으로 만나는 손님들 정도로 생각하고 있었다. 그래서 그들의 장례식에서 자신이 울고 있다는 사실을 서영은 납득할 수가 없었다. 그것이 슬픔이 아니라 쌓이고 쌓여 형질과 냄새가 완전히 변해버린 해묵은 분노였다는 건 나중에 알았다. 서울 교외에서 카페를 운영하던 그들은 어느 날 지방으로 옛 친구들을 만나러 가다가 교통사고를 당했다. 그들은 끝까지 함께였다. 서영만 그렇지 못했다.

서영 씨 잘못이 아니에요, 소운이 말했다. 알아요, 서영은 대답했다.

"알아요. 내가 잘못된 게 아니라는 거. 내가 모자라고 부족해서 버림받은 게 아니라는 것도 충분히 알아요. 노력해서, 알게 됐어요. 하지만 정말 미치겠는 게 뭔지 알아요?"

"뭔데요?"

"내가 가진 재능이 그것밖에 없다는 거예요."

"……."

"다른 일을 해보려고 내 안을 수없이 들여다봤어요. 없었어요. 나는 아무 데에도 재주가 없었어요. 관심도 생기지 않았고요. 그 아름답고 무책임한 사람들이 물려준 이 빌어먹을 재능밖에는 가진 게 없어요. 정말 그 사람들처럼 살고 싶지 않았는데, 정작 글을 쓰지 않게 되니까, 쓰고 싶어요. 못 견딜 정도로 쓰고 싶어요. 그런데, 쓸 수가 없어요. 나는 세상 속으로 들어가서, 살면서, 같이 사는 사람들의 이야기를, 세상의 이야기를, 거리를 두고 쓸 수가 없어요. 내가 할 줄 아는 건 가까이 가서 그걸 파괴한 다음에 쓰거나, 내가 파괴된 채 그냥 살거나, 둘 중 하나예요."

소운이 한참 뒤에 입을 열었다.

"그래서, 그렇게 아무 얘기도 안 했던 거군요."

"이런 얘기를, 어떻게 할 수 있었겠어요. ……결국 해버렸지만."

"서영 씨."

"네."

"그 얘기를 써요."

"네?"

"지금 얘기한 것처럼, 똑같이 글로 써봐요. 나한테 한 번 더 들려준다고 생각하고."

"이런 얘기를 누가 읽고 싶어 할 리가 없잖아요."

"나는, 읽고 싶어요."

서영은 웃었다. 소운은 웃지 않았다.

"서영 씨를 이해해주지도 않고, 서영 씨가 이해할 수도 없는, 그 죽어버린 사람들한테 인정받으려고 애쓰는 대신, 자신을 인정해주는 사람을 좀 인정해주면 안 되나요."

"……."

"서영 씨한테는, 지금 내가 세상 전부예요?"

뭐라고 대답해야 좋을지 알 수 없어 서영은 소운을 보았다. 소운은 조금 생각하다가, 다시 말했다.

"나는…… 그랬으면 좋겠다는 생각도 했어요. 서영 씨가 내가 되고, 내가 서영 씨가 되고, 우리가 한 사람이었으면 좋겠다고. 그러면 외롭지도 않고, 서로를 외롭게 하지도 않을 것 같아서. 그런데, 그렇지가 않네요. 내가 곁에 있어도 서영 씨한테는 여전히 채워지지 않는 부분이 있네요. 내가 절대로 알 수 없고 상상할 수도 없는 어떤 세상이 있고, 그것 때문에 서영 씨는 외롭네요. 혼자서 눈물을 흘릴 정도로."

"……미안해요."

자신의 입에서 나온 그 말이 마음에 들지 않았다. 그건 끝이 얼마 남지 않았다는 뜻이었으니까. 가장 원하지 않는 사건이 다가오고 있었다. 서영이 모든 것을 망쳐버린 것이었다.

"그게 무슨 뜻인지 알아요?"

소운이 웃으며 말했다.

"서영 씨가 훌륭한 작가라는 뜻이에요."

너무 자주 말해서, 처음부터 자꾸만 말해서, 이제는 평범하게 들리고, 그래요, 특별하지도 마음을 움직이지도 않는 말이겠지만, 그 말을 또다시 할 수밖에 없네요, 소운은 말을 이었다.

"나는, 서영 씨를 구해줄 수가 없어요. 사랑하는 사람은 사랑하는 사람을 구해줄 수 있을지도 몰라요. 하지만, 작가는 다른 작가를 구해줄 수가 없어요. 그건 혼자 해야 하는 일이에요. 작가는 혼자 싸워요. 글을 쓰면서 싸우고, 쓰고 있지 않을 때도 싸워요. 그리고, 훌륭한 작가는 그 싸움에서 이겨요. 정말로 이기지는 못하더라도, 혼자 싸우는 것만으로 이미 지는 게 아니에요."

소운은 몸을 똑바로 세우고 말했다.

"난 서영 씨가 할 수 있을 거라고 생각해요…… 혼자서."

서영은 그녀의 눈을 보았다. 뭔가 말을 하고 싶었는데, 아무 말도 나오지 않았다.

“기다릴게요. 서영 씨가 쓰고 싶은 글을 쓰고 돌아올 때까지. 내가, 좀 참아볼게요. 하지만 가끔씩 나를 생각해줘요. 보고 싶으면 전화하고, 만나고 싶으면 언제든지 와요. 가끔, 내가 못 참고 달려오면, 너무 매몰차게 밀어내지 말아요. 보고 싶다고, 안고 싶다고 내가 조르면, 안아줘요. 나, 사실은 지금도 못 견디겠는데 간신히 참고 있는 거니까.”

“소운 씨.”

“괜찮겠느냐고요? 아뇨, 전혀요. 사실은 정말 싫어요. 무섭기도 하고. 이번 보름달엔 그랬지만, 다음번엔 서영 씨가 꿈에서 날 잡아먹고는, 다음날 헤어지자고 할까 봐 두려워요. 나를 글로 쓰는 건 괜찮은데, 그것 때문에 서영 씨랑 헤어진다면, 싫어요. 못 헤어져요. 우리는 못 헤어져요. 절대로 그건 못 해요. 그건 그냥 정해져 있는 거예요. 알겠어요?”

“……네.”

“서영 씨가 없으면, 나 죽을 거예요.”

“…….”

“장난 같죠. 아니에요……. 아니야, 한서영. 너를 볼 수 없고, 너랑 얘기할 수 없고, 섹스할 수 없고, 만질 수도 곁에서 잠들 수도 없다고 생각하면, 나 정말 어떻게 될지 몰라."

그녀가 한 손을 들어 올려 서영의 머리카락을, 볼을 쓰다듬었다.

서영은 자신도 모르게 그녀의 입술에 자기 입술을 가져가 키스했다. 그런 자신에게 조금 놀랐지만, 잠깐이었다. 키스하지 않는 것이 너무 잘못된 일이었다.

처음일까? 이렇게 진심인 건 처음이라고 말하면, 그것은 사실이 될까? 잘 모른다. 처음이고 아니고, 진짜고 가짜고, 그런 말은 잘 모르겠다. 그런 말이 얼마나 중요한지도, 정말로 중요한지 그렇지 않은지도 서영은 잘 알 수 없었다. 하지만 그 순간 사랑받는 일이 죄가 아니라는 것, 사랑하는 일이 오류가 아니라는 사실만은 확실하게 알 수 있었다. 서영은 소운을 안아주고 싶었다. 언제나 자신만만하기만 하던 목소리가 떨리고, 그녀가 불안해하고 있었기 때문에. 그 사실이 분명히 느껴졌기 때문에. 자신이 물 밑으로 질질 끌고 다니는 거대한 빙산 같은 덩어리를 보고도 피하지 않고, 두렵지만 이해하려 애쓰고 있는 그녀를, 더 많이 사랑해주고 싶었다. 그래서 그렇게 했다. 이미 땀으로 젖어 있던 그녀의 셔츠를 벗기고, 그녀의 목에, 쇄골에 키스했다. 그녀의 입술에, 코에, 감은 두 눈에, 이마에, 다시 입술에, 입을 맞췄다. 그녀의 살아 있는 몸 곳곳을 어루만지고, 다치지 않기를 바라면서 거기에 조심스럽게 문장을 썼다. 사랑해, 라는 평범하고 흔하고 작은 단어를.

소운의 심장이 뛰는 소리가 들렸다. 서영은 옷을 벗고, 그녀의 손을 잡아당겨 이끌었다. 그녀의 손이 천천히 몸속으로 들어왔을 때는 망설이지 않고 두 팔로 그녀를 감쌌다. 지금껏 손이 닿지 않는다고 생각했던 곳까지 손을 뻗어 안았다. 두려운 만큼, 미안한 만큼, 고마운 만큼 열 손가락에 힘을 넣어 더 꽉 안았다.

그들은 새벽녘까지 그렇게 서로를 안고 있었다.

"날 죽일 셈인가 봐. 나, 그러고 보니 술도 마셨는데. 죽이진 말아줘요."

"네, 죽이지 않을게요."

"서영 씨."

"네."

"웃고 있네."

소운이 웃었다.

"서영 씨가 웃어서, 서영 씨랑 이러고 있을 수 있어서, 참, 좋다."

소운이 졸음에 겨운 얼굴로 웃으며 말했다. 겨우 그쳤는데,

서영은 또 눈물이 났다.

"아니, 웃어서 좋다고 하자마자 또 왜 울어요?"

"왜 이렇게 잘해줘요. 왜 나 같은 사람한테…… 이렇게까지."

"사람이에요?"

"네?"

"늑대인간이잖아요."

소운이 말했다. 언제나처럼 그 웃음을 지은 채, 베개에 반쯤 얼굴을 찌그러지게 파묻고서.

"늑대인간을 좋아하는 거니까, 이 정도는 해야죠."

*

그녀는 정말로 늑대인간이었다.

처음엔 그냥 장난인 줄 알았다. 그다음엔, 그녀 자신도 그런 게 있다는 걸 알지만 어쩔 수 없이 지니고 다니는 마음의 상처일 거라고 생각했다. 언젠가, 소설 주인공에 관한 이야기를 나누다가 그녀 자신도 그렇게 말했으니까.

'건강하고 평범한 사람이 아니라 특이한 병이나 증후군이 있는 인물을 자꾸만 주인공으로 내세우는 건, 한두 번도 아니고 언제나 그런다는 건, 작가가 인간으로서 미숙하다는 증거가 아닐까요? 자신의 상처에서 빠져나오지 못하고 그 이야기만 끝없이 반복하는 작가를, 어떤 독자가 이해해줄까요? 몇 번이나 소설을 구상해봤지만, 나는 그런 주인공밖에 떠오르지 않아요. 그래서 도중에 그만두게 돼요. 내가 미숙하다는 게 싫어서.'

S 역시 그 말에 어느 정도 동의하는 사람이었다. 그런 사람으로 살아왔고, 그런 사람의 눈으로 세상을 보았다. 아픔에서 벗어나지 못하는 사람을 보면, 안타깝다고 여겼다. 좋아하는 사람이 아파하면, 그곳에서 끌어내 씻어주고 싶었다. 고통은 어둡고 질척질척하니까. 어느 날 〈언더월드〉 시리즈의 팬이 찾아와 늑대인간과 뱀파이어 가운데 어느 진영이 되겠느냐고 묻는다면, S는 주저 없이 뱀파이어를 택할 사람이었다. 뱀파이어는 빛과 어둠을 동시에 살지 않아도 되니까. 반면 늑대인간은 끔찍해 보였다. 자신이 늑대로 변해 저지른 행동의 결과를, 인간으로 돌아온 다음날 아침 환한 햇빛 속에서 고스란히 확인해야 하다니. 자신의 과오를 확인하고 그 무거운 죄책감을 매번 느껴야 하다니. 그것보다는 어둠 속에서 한결같이 사는

게 낫지 않은가. 어둠 속에서 농담을 하고, 그것으로 가상의 빛을 만들어내면서, 자신을 긍정하고 사는 게 낫지 않은가. 진짜 햇빛 따위의 괴로움은 피해버리면 그만 아닌가.

하지만 그녀를 만나고 조금씩 알아가면서, S는 자신이 작가로서 가져온 자부심에 대해 다시 생각해보게 되었다. S는 세상의 아픔을 돌아보려고 노력했고, 가까이서 관찰했고, 파악했고, 그것을 이야기로 만들었다. 일단 쓰기로 정하기만 하면 쓸 수 없는 아픔은 없었다. S는 언제나 그것이 거기 있다고 말할 수 있었다. 그 아픔 자체가 되어버린 적이 없어서였다. S가 알기로, 작가는 당연히 그래야 했다. 무언가에 들리거나 먹혀버리지 않고 거리를 두어야 쓸 수 있었다. 그런데, 거리를 둘 수 없다는 것은 무엇일까? 그것은 어떤 일일까? 자신이 완전히 파괴될 정도로 가까이 다가간다는 것은. 무언가를 부숴버릴까봐 두려워하면서도 그것에 다가가고 사랑한다는 것은.

S와 달리 그녀는 그렇게 사랑하는 사람이었다. 매 순간 위태로울 정도로 진심이었다. 농담을 할 줄 몰랐고, 자신을 숨길 줄 몰랐다. 작가가 거짓말을 할 줄 모르다니! 그렇게 자신을 지킬 줄 모르다니. 안 될 일이었다. 그래서 S는 가르쳐주고 싶었다. 세상이 얼마나 많은 웃음과 농담들로 가득한지를. 그 빛깔과

향기와 달콤하고 다채로운 맛을, 그녀에게 알려주고 싶었다. 그래서 만날 때마다 자신의 이야기로 그녀의 겨드랑이를 간지럽혔다. 웃을 수 있으려면 먼저 거리를 두어야 하지만, 웃는 동안에 자연스레 만들어지는 거리도 있으니까. 그 거리가 그녀를 지켜줄 테니까. 그러는 동안 자신이 변해가고 있다는 건 아주 나중에야 알게 되었다.

잃을까 봐 두려웠다. 그녀가, 떠날까 봐 겁이 났다. 우리는 이렇게 다르군요, 여기까지가 우리의 시간이군요, 그렇게 선을 긋고 마음을 접어버릴 수 없었다. 무슨 일이 있어도 자신의 항상성을 지키는 일이, 그런 평정심이, 더 이상 의미 있게 생각되지 않았다. 그녀는 정말로 늑대인간이었고, 보름달이 뜰 때마다 S가 아닌 무언가를, 아마도 세상을, 위험할 정도로 사랑하고 싶어 했다. S는 그 일에 대해 어떻게도 할 수 없었다. 그녀를 소유할 수도, 인간으로 바꿔놓을 수도, 그녀의 세계를 자신의 것으로 덮어쓰기할 수도 없었다. S는, 소운은, 늑대이면서 인간인 서영을 사랑하게 되어버렸으니까.

서영의 신중함이 좋았다. 키보드에 손을 얹고 있을 때의 심각한 표정이 좋았고, 자신은 걱정하지 않는 일들을 걱정하는 그녀의 세심함이 예뻐 보였다. 그리고 언제나, 그녀의 문장들이 좋았다. 처음부터 그랬다. 그 문장들은 소운이 언제나 경이를 품고 바라볼 낯선 세계로의 초대장이었다.

물론, 서영이 알지 못하는 것들도 있겠지만.

작가와 작가가 만나 하는 사랑은 지뢰밭이다. 세상이 상상하는 화려함이나, 두 영혼이 만나 시너지 효과를 일으키며 한 층 더 높고 지적인 세계로 함께 차원이동하는 경험 따위는 그야말로 욕조에 뿌려진 장미꽃잎 같은 환상에 불과하다. 거기에는 첫 번째 독자가 된 연인에게 매번 자신의 가장 너절한 부분을 내보여야 한다는 절망과 두려움이 있고, 사랑해서 만난 사람 때문에 글 쓸 시간이 부족해질 때마다 자신의 이기심과 대면해야 하는 끔찍한 시간들이 있고, 누가 더 인정받고 덜 인정받느냐 하는 지극히 속물적인 욕망과 열등감의 암투가 있고, 자부심만으로는 해결되지 않는 초라한 현실의 배고픔이 있었다.

한번 경험해보았으므로, 소운은 알고 있었다. 언젠가 자신과 서영이 서로의 문장들을 결코 읽고 싶지 않아 하는 날들이 올 수도 있다는 것을. 그녀들이 서로에게 첫 페이지조차 들춰보기 싫은 무료한 책이 될 수도 있다는 것을. 매혹은 쉽게 혐오로 변하고, 찬란한 열정을 남루한 일상으로 바꿔놓을 만큼 시간은 힘이 세고, 두 사람은 서로에 대한 감정에 비례해 자신이 얼마나 민감한 존재인지 사실은 잘 알지 못하니까.

하지만 모르페우스가 말한 것처럼, 시도조차 해보지 않는 것은 언제나 실수다.* 떨어지는 게 두려워 높은 곳에 오르지 않으면, 추락하지 않겠지만, 날 수도 없다. 두 발이 땅에서 떨어지고, 날개가 돋아나는 순간의 그 한없는 아득함을, 그것을 위한 길고 긴 두려움을, 소운은 다시 한 번 기꺼이 감수해볼 생각이었다.

*

그날 이후, 서영은 다시 쓰기 시작했다.

그 일은 생각보다 어려웠다. 자신의 이야기였으므로. 그것도 가장 어둡고 민감한 마음의 부분에 관한 이야기였으므로. 세상은 어둡고 무거운 이야기를 좋아하지 않았으므로. 그리고 무엇보다, '쓸 수 없다'는 서영 자신의 강박이 매 순간 단단한 유리벽처럼 마음을, 두 손을 사방에서 조여들었으므로.

그러나 써야 했다. 그 일을 해내야만 했다. 끊임없이 의심하

---

* 닐 게이먼, 「추락의 공포」, 『샌드맨 06: 우화들』, 이수현 옮김, 시공사, 2009, p. 6.

고 믿지 못했지만, 서영은 결국 다른 존재일 수 없었으니까. 매 순간 도망치고 싶었고, 도망쳐왔지만, 서영이 세상과 관계를 맺을 수 있는 방법은 글쓰기밖에 없었다. 코알라가 유칼립투스 잎을 먹는 것처럼, 물고기가 헤엄치는 것처럼, 그녀가 할 수 있는 일은 그것뿐이었다.

두려웠다. 사랑받지 못할 것 같아서. 그래서 서영은 세상의 눈을 상상하지 않기로 했다. 단 한 사람, 그녀가 신뢰하고 동경하는, 실패할 때에도 변함없이 자신을 믿어줄 첫 번째 독자를 향해 썼다. 그렇게 그 이야기를 완성했다.

소운은 괜찮다고 했지만, 그 단편은 공모전에서 떨어졌다. 실망하지 않았다면 거짓말이다. 서영은 눈물을 흘릴 정도로 실망했다.

하지만 실망하는 과정에서 흘린 눈물이 놀랍게도 다음번 글을 쓸 수 있게 도와주었다. 기대하고 실망하는 것은 잘못이 아니었다. 진심을 갖고 사는 것은 부끄러운 일이 아니었다. 너무 두려워서 전에는 그 사실을 몰랐지만, 이제 알게 되었다.

『흔』 창간호는 예쁘게 나왔다. 소운은 좀 더 바빠졌다. 여기다 글을 써보면 어때요, 섭외하기도 힘든데, 소운이 말하며 다시 원고 청탁을 하려 했지만, 서영은 거절했다. 연인이 편집위원으로 있는 잡지에서 주는 지면은 싫었다. 서영은 정식으로, 다른 루트로 다시 데뷔하고 싶었다. 소운이 속하지 않은 세상의 인정을, 어쩌면 가장 세속적인 방식으로 받는 일이 서영에게는 필요했다. 소운은 종종 그녀에게 세상 전부처럼 느껴졌지만, 정말로 세상 전부는 아니었으니까.

서영은 소운이 아닌 사람들에 대해 썼다. 자신과 닮지 않은 사람들에 대해서도 썼다. 예전같이 보름에 1천 매를 미친 사람처럼 써낼 수는 없었다. 잘 알지도 못하고, 안다고 착각할 수도 없는 사람들에 대해 그렇게 빠른 속도로 상상할 수는 없었다.

다시, 잘되지 않았다. 견디다 견디다 힘들 때면 서영은 소운에게 달려갔다. 빠듯한 시간을 쪼개 그녀와 밥을 먹고, 대화를 하고, 웃고, 사랑을 나누고, 자신의 방으로 돌아왔다. 그러고는 다시 썼다. 천천히. 가끔 밤하늘을 올려다보았다. 달은 여전히 거기 있었다.

열 살 때, 저 달빛을 보며 사람들과 함께 춤을 췄었다. 서영은 걸스카우트 단원이었고, 학교에서는 단원들에게 두 달간 강강술래를 연습시켰다. 선서식 날, 지루한 식순이 모두 끝나고 운동장에 드리워진 노을이 거두어진 뒤, 사방이 푸르게 어두워지고 멀리서 보름달이 뜨기 시작했을 때, 춤이 시작되었다. 느리던 박자가 점차 빨라지고, 슬프던 가락이 점점 흥을 실은 신나는 노래로 바뀌어가며 발걸음이 따라 빨라지는 동안, 서영은 태어나서 처음으로 자신이 아닌 다른 존재가 될 것 같은 짜릿함과 해방감을 느꼈다. 외롭지 않았다. 다른 아이들의 손을 잡고 있었기 때문이었다.

스물아홉 살, 처음으로 소설을 쓰던 밤에도 창밖에는 달이 있었을 것이다. 서영은 이제 쉽게 들뜨는 아이가 아니었지만, 잊었다고 생각한 아주 오랜 기억이 찾아와 서영을 설레게 해주었다. 그때 떠올렸던 달빛은, 자신을 통제하고 명령을 내리고 죄책감을 안겨주는 괴물의 눈빛 같은 것이 아니었다. 서영은 그 빛을 떠올리려고 노력했다. 희미하지만, 그것이 거기 있다고 믿었다.

부모님에 관한 글을 쓴 뒤에도 박물관의 꿈은 계속되었다. 그 꿈은 서영에게 떼어낼 수 없는 어떤 본질 같은 것이어서, 어떻게 해도 사라지게 할 수는 없는 것 같았다.

어느 날, 소운과 함께 다시 박물관에 가는 꿈을 꾸었다. 짐승으로 변한 서영이 울부짖고 있을 때, 소운이 재킷 속에서 작고 반짝이고 단단해 보이는 물건을 꺼냈다. 총이었다. 역시 반지를 끼고 잠든 것은 잘못이었나, 나는 이제 죽는구나, 서영은 생각했다. 나는 죽을 거야. 그러기 전에 저 사람을 죽여야 할까?

그러나 유리가 깨지고, 달려가고 싶고 달려가고 싶지 않은 두 마음을 동시에 품고 서영이 주저하고 있을 때, 소운이 몸을 굽히더니 바닥에 내려놓은 총을 서영 쪽으로 밀었다. 그는 고갯짓으로 총을 가리키고는 서영을 보았다. 설마, 은총알로 자결하라는 걸까? 서영은 멍하니 그녀를 쳐다보았다.

그런 게 아니었다. 그녀는 서영을 그렇게 대할 존재가 아니었다. 서영은 허리를 굽혀 총을 집어 들었다. 굵어지고 둔해진 손가락이었지만, 완전한 짐승의 앞발도 아니었다. 얼추 방아쇠를 당길 수는 있을 것 같았다. 서영은 자신을 지켜보는 소운의 조심스러운 얼굴을 지나쳐 박물관의 현관 유리문 쪽으로 걸어갔다.

단단히 잠겨 있는 그 문을 향해 총을 쏘았다.

유리에 금이 가고, 몇 발을 더 쏘자 산산조각이 났다. 소운이 천천히 다가왔다. 그녀는 손을 내밀었고, 서영은 그 손을 잡았다.

그 뒤로 꿈은 조금 달라졌다. 소운과 함께일 때도 있었고, 혼자서 짐승으로 변할 때도 있었다. 그러나 이제 박물관 문은 잠겨 있지 않았다. 나가고 싶을 때면 언제든 나갈 수 있었다. 열린 문으로 사람들이 들어왔다. 관람객들. 누구도 들어올 수 없을 것 같던 그 공간이 관람객들로 채워지기 시작했다.

보고 있었다. 그들이, 늑대로 변한 서영을.

몇몇은 놀라며 소리를 지르고, 몇몇은 겁에 질려 도망쳤다. 하지만 겁내지 않는 사람들도 있었다. 재미있다는 듯 쳐다보고, 호기심을 내며 다가와 말을 거는 그 사람들이 대체 누구인지, 서영은 궁금했다. 꿈에서 깨어난 다음에야 알 수 있었다. 그들은 서영이 소설에 등장시킨 사람들이었다.

어린아이도 있었다. 할머니도 있었다. 남자도 여자도 있었다. 이상하게도, 허기가 느껴지지 않았다. 여러 명이어서였을까? 달려들고 싶다는 마음이 생기지 않았다. 짓이기고 싶지 않았다. 다만 그들의 모습이, 체취가, 몸짓이, 자신이 쓴 것과는 조금 다르다는 게 느껴질 뿐이었다.

그들은 모두 서영이 상상한 사람들이었다. 서영이 궁금해하고, 지켜보고, 알아내려고 애를 쓰고, 짐작하고, 공정해지려고 노력했지만 때로는 공정하지 않게 써버린 사람들이었다. 그들이 하는 말은 매번 달랐다. '안녕하세요, 저를 이야기에 나오게 해주셔서 고마워요. 정말 즐거웠어요'일 때도 있었고, '읽어보니 저를 오해하셨더군요. 저는 그런 사람이 아니에요. 하지만 다른 부분은 재미있었어요. 건투를 빕니다'일 때도 있었다.

반응이 좋지 않으면 서영은 괴로웠다. 그 괴로움으로 꿈에서 깨어나 생각을 하고, 웃고, 다시 문장을 만들고 매만졌다.

소운의 말이 맞았다. 그 모든 건 혼자 해야 하는 일이었다. 서영은 혼자 있는 시간이 많아졌고, 그만큼 소운이 그리웠다. 때로는 너무 막막해서 모든 걸 놓아버리고 싶기도 했다.

소운이 일 때문에 자리를 비웠던 그날도 그랬다. 서영은 소운의 집에 있다가 그녀 대신 얇은 택배 봉투 하나를 받아들게 되었다. 잠시 망설이다가 봉투를 뜯었다. 집에 오는 책은 뭐든 먼저 읽어도 좋다고 소운이 말했으니까.

강은재 작가의 『소년에게, 영원히』였다. 서영이 참여한 책이었다. 이제야 나왔구나 싶어 반갑게 펼쳐들었는데, 속표지에 글귀가 적혀 있었다.

'우리가 함께한 시간을 생각하며, 나의 소년에게. 강은재'

서영은 책을 덮었다. 직감적으로 이해했다.

그랬구나.

다희의 출판사 로고가 박힌 봉투를 볼 때부터, 어쩌면 예감하고 있었다. 아니, 그전부터.

그 이야기에 나오는 늙지 않는 소년이 소운과 관계있을 거라고.

닮아 있었다. 소운은 언제까지나 지치지도 늙지도 않는 소년 같은 매력을 지닌 사람이었고, 『소년에게, 영원히』에 나오는 소년처럼 한없이 따스하면서도 때로는 얼음처럼 냉정한 사람이었으므로.

그 이야기 속 소녀가 서영이 가장 존경하는 강은재 작가일 거라고는 미처 상상하지 못했지만, 소운이 예전에 했던 사랑이 평범하지는 않았을 거라고 막연하게 짐작한 것은 사실이었다.

우산 없이 혼자서 비를 맞고 서 있는 듯한 기분이었다. 특별한 사람들의 눈부시고 특별한 사랑.

익숙한 소외감이 들었다. 소운은 그런 사랑이 어울리는 잘나가는 작가였고, 서영은 아니었다. 하지만 그 사실이 자신의 현재를 집어삼키게 두고 싶지는 않았다.

서영은 그 책을 소운의 책상 위에 놓아두었다. 서영이 그것을 보았다는 걸 알고도 소운은 아무 말 하지 않았다. 서영도 묻지 않았다.

어떤 일들은 그렇게 지나간다.

소운이 서영의 지난 시간들에 대해 묻지 않고 예의를 지킨 것처럼, 이번에는 서영도 그렇게 하고 싶었다. 『하줄라프』가 그렇게 특별했던 건, 그 이야기가 자신을 그토록 울게 만든 건, 용기사가 용과, 어머니가 죽은 아들과, 현재의 자신이 과거와 제대로 이별하는 방법을 가르쳐주는 이야기였기 때문이라는 걸 서영도 이제 알고 있으니까. 그리고, 소운이 지금 사랑하는 사람은 서영이었으니까.

사랑은 권력 다툼이다. 언제나 세상의 눈에 조금 더 나아 보이는 사람과 부족해 보이는 사람이 있다. 세상이 그들을 평가하지 않는다면, 그들 자신이 평가한다. 늘 더 사랑하는 사람이 있고, 덜 사랑하는 사람이 있다. 이끄는 사람이 있고, 따라가는 사람이 있다. 암묵적으로 강요하는 사람이 있고, 무의식중에 희생하는 사람이 있다.

서영은 그런 불평등이 싫었다. 하지만 서영은 평등한 관계라는 이상 때문에, 그 완벽한 꿈에 못 미친다는 이유로, 잡고 싶은 손을 포기하고 싶지는 않았다. 누군가가 먼저 손을 내밀지 않으면 사랑은 시작되지 않는다. 체온은 교환되지 않는다.

서영은 소운이 자신을 구해준 게 아니라는 사실을 알았다. 그 닫힌 공간에서 유리를 깨고 서영을 구한 것은 서영 자신이었다. 하지만 소운이 자신을 위해 해준 일들, 그 따스한 시선과 마음, 그녀가 아니었다면 깨닫는 데 훨씬 오래 걸렸을 어떤 것들을 그녀가 깨닫게 도와주었다는 사실마저 무시하면서 모든 것이 자기 혼자서 해낸 일이라고 주장하고 싶지는 않았다. 그것은 사실이 아니었으니까. 서영은 소운을 사랑하는 만큼 사랑받고도 싶었다. 그녀가 필요했다. 사랑하는 일은 부끄러움 없이 그것을 인정하는 일이기도 했다.

어느 장르소설 사이트에서 연락이 왔을 때, 서영은 귀를 의심했다.

"저희가 새로운 작가군을 발굴하려고 하는데, 일단 독자들을 대상으로 모니터링을 해봤거든요. 『스틸 라이프』를 인상 깊게 읽었다는 의견이 많았습니다."

서영은 놀랐다. 고마웠고, 부끄러웠다. 그리고 아팠다.

그토록 달아나고 싶었던 것. 버리고, 부정하고, 어떻게든 없는 것으로 치부해버리고 싶던 그 책들을, 자신이 쓰레기라고 여기던 그 이야기들을 쓰레기가 아닌 것으로 읽어주는 사람들이 있었다. 언제나 거기 있었는데 보지 못했다. 서영은 오만했다. 감사할 줄 몰랐다. 아무리 형편없게 느껴져도 그 책들은 이미 서영만의 것이 아니었다. 그 사람들의 눈과 손과 시간과 마음이 없었다면 이 전화는 결코 걸려오지 않았을 것이다. 그래서 아팠다. 울고 싶은 마음을 누르고 있는데, 담당자가 다시 말했다.

"그런데, 저희가 부탁드리고 싶은 건 로맨스 소설이에요. 하시던 작업이랑은 좀 다른데 괜찮으시겠어요?"

거절할 수 없었다. 어려운 과제였지만, 놓쳐서는 안 되는 귀한 기회였으니까. 진심으로 다시 시작하고 싶었으니까.

고민이 시작된 것은 그다음이었다. 내가, 정말로 쓸 수 있을까, 사랑 이야기를?

이야기를 듣자마자 다희는 걱정하기 시작했다.

"한서영, 로맨스가 뭔지는 알아? 거긴 자신을 좋아하지 않는 여주인공이 나오면 곤란해. 아예 안 되는 건 아니지만, 어렵다고."

소운은 다른 것을 걱정했다.

"설마 내가 나오는 건 아니겠죠? 로맨스의 주인공은 환상적이어야 하는데, 나는 가난하고 가진 것 없는 작가잖아요. 멋있고 나쁜 여자도 아니고, 사랑스럽지도 과격하지도 않고, 피도 눈물도 없이 센 히로인도 아닌데……. 나를 미화할 수 있겠어요?"

"글쎄, 미화가 꼭 필요한가? 있는 그대로, 멋지다고 쓸 생각인데. 겁나요? 왜 그렇게 자신이 없어요?"

서영은 대답하고 덧붙였다. 소운 씨랑 내가 나오는 이야기를 쓰고 싶어요. 우리가 주인공인 이야기를, 꼭 한 번은 쓰고 싶었어요.

"벌써 제목도 정해놨어요."

"뭔데요?"

"'설랑說狼'. 이야기 쓰는 늑대, 라는 뜻이에요."

"와, 너무 솔직하잖아. 정말 쓸 수 있겠어요?"

소운이 물었다.

다정하고 영리하고 재능 있지만, 가끔은 지루하게 자기 자랑을 늘어놓고, 어떤 부분은 자라지 않아서 아이처럼 철이 없고, 나를 만난 뒤로 불안하다면서도 사실은 마음이 편해졌는지 조금씩 배가 나오기 시작하는 당신의 이야기를. 겁이 많고, 자신을 좋아하는 법을 몰랐고, 오랫동안 괴물이라는 단어에서 빠져나오지 못했지만, 결국 그 단어가 얼마나 잘못되었는지 깨달은 나의 이야기를.

쓰고 싶다. 언제나처럼 두렵고, 겁이 나지만. 서로를 사랑하고, 쓰고, 또 사랑하는 두 작가의 이야기를.

"네."

서영은 대답했다. 소운이 웃었다. 그 웃음이 달빛처럼 환했다.

작가의 말

어린 시절부터 늑대인간을 좋아했다. 인간과 짐승 중 어느 쪽에도 온전히 속할 수 없고, 자신의 괴물성에 대해 뻔뻔해지지 못하여 매번 당황하고 자책하며 고통받는 종족. 때로는 그 죄책감과 두려움을 방패 삼아 많은 것을 회피하거나 합리화할 수도 있는 존재. 나는 늑대인간이 웃기고 슬프다.

서로가 서로의 팬인 두 작가가 만나는 이야기를 언젠가 꼭 한번 써보고 싶었다. 서로를 애틋하고 슬프게, 가 아니라 진지하고 뜨겁게 사랑하는 여자와 여자의 이야기도 그랬다. 세 가지 이야기를 엮었더니 굉장히 말랑말랑한 어린 날의 꿈 같은 기억들이 마구 밀려왔다. 혼자만의 두려움에 관한 기억들이었다. 픽션을 쓰는 일을 하면서, 두려웠던 적이 많았다. 바보 같은 두려움일지도 모르지만, 지금도 두렵다. 예전과 비교해 달라진 점은, 두렵지만 그냥 쓰는 수밖에 없다는 사실을 이제 조금은 알게 되었다는 것이다. 이 소설을 쓰는 동안 어둠 속 어딘가에 있다고만 막연히 알고 있던 작은 등불 하나를 손으로 만져보는 기분이었다.

로맨스는 내게는 상상 이상으로 어려운 장르였다. 처음 해보는 도전이니만큼 어색하고 부족한 점이 많을 것이다. 하지만 서로 사랑하는 두 여자를 등장시키기로 하고 나서는 쓰는 내내 천진하게 즐거웠다. 소설 중간에 나오는 D'sound의 〈If You Get Scared〉는 내가 많이 좋아하는 곡이다. 그 노래를 들을 때마다 그 노래의 달콤하면서도 안심이 되는 느낌을 꼭 닮은 이야기를 만들어보고 싶다는 생각을 했었다. 서영과 소운이 차례로 되어보며, 내게도 언젠가 있었던 낭만적 사랑의 첫 순간들을, 그 마음의 온도를 다시 경험할 수 있어 감사했다. 감정들은 아득할지언정, 사랑이란 상태가 아니라 서로가 성장할 수 있도록 마음과 시간을 쓰는 과정을 가리키는 말이라는 오래된 내 믿음은 그대로다. 두 사람이 열심히 쓰고 서로를 있는 힘껏 끌어안으며 사랑하기를. 그리고 그녀들을 알게 된 당신에게도, 이 이야기가 부디 작은 즐거움 하나로 남기를.

2017년 겨울

윤이형

참고문헌

민간에 전승되어 온 늑대인간 치유법에 대해서는 https://en.wikipedia.org/wiki/Werewolf#Remedies를, 「라이칸 러브」에 나오는 보름달을 피하는 방법에 대해서는 https://namu.wiki/w/늑대인간#s-5.1을 참조했습니다.

ROMAN COLLECTION 011

설랑

초판 1쇄 발행 2017년 12월 18일
초판 3쇄 발행 2019년 3월 5일

지은이 윤이형
펴낸이 이수철
본부장 신승철
주 간 하지순
교 정 박은경
디자인 오세라
마케팅 정범용
관 리 전수연

펴낸곳 나무옆의자
출판등록 제396-2013-000037호
주소 서울시 마포구 성미산로1길 67 다산빌딩 301호
전화 02) 790-6630 팩스 02) 718-5752

페이스북 www.facebook.com/namubench9
인쇄 제본 현문자현 종이 월드페이퍼

ISBN 979-11-6157-022-8 04810
979-11-86748-04-6 (세트)

* 나무옆의자는 출판인쇄그룹 현문의 자회사입니다.

* 이 도서의 국립중앙도서관 출판예정도서목록(CIP)은 서지정보유통지원시스템
홈페이지(http://seoji.nl.go.kr)와 국가자료공동목록시스템(http://www.nl.go.kr/kolisnet)에서
이용하실 수 있습니다. (CIP제어번호 : CIP2017031796)